Akça Zeynep

İSTİFA

Sevgili Aslı, Mehmet ve Thomasina'ya

Aslı'cığım yıllar boyu beni her halimle gördün ve omuzladın. Her ne kadar sık görüşme imkânımız olmasa da, hemşireleştiğimizde dostluğumuz kaldığı yerden devam ediyor, ve hep edecek. Bu kitabı yazarken gördüm ki, hayatta "imkânsız" yoktur, kişi hayallerine inanır ve bunun için çalışırsa bir gün mutlaka gerçekleştirir. Daima senin hayallerinin gerçek olmasına

Birçok fazla sevgi ve dostlukla

Akça Zeynep Beylunioğlu

Paris, 19. Mayıs. 2004

Okuyan Us Yayın
Roman 12

İstifa
Akça Zeynep

ISBN: 975-6287-01-2

1. Baskı: İstanbul, Nisan 2004

Editör: Nida Nevra Savcılıoğlu
Kapak resmi: Komet
Kapak tasarım: Atlet Komple
Grafik uygulama: Öznur Erman
Film, baskı ve cilt: Sena Ofset Ltd. Şti.
2. Matbaacılar Sit. Litros Yolu B Blok 4NB9 Topkapı, İstanbul
Tel: 0212 613 3846

Kalıpçı Sokak Uzal Apt. 152/4 Teşvikiye 34365 İstanbul
Telefon: (0212) 232 5373, 232 5379 **Faks:** (0212) 231 5220

okuyanus@okuyanus.com.tr
www.okuyanus.com.tr

Zümrüt Pekin'in anısına

Barbarus hic ego sum, quia non intelligor illis.
Ovidius, *Tristia*[1]

Akça Zeynep Bayramoğlu, 1969'da Ankara'da doğdu. Galatasaray Lisesi ve İstanbul İleşim Fakültesi'ni bitirdi. Aktüel ve Tempo dergilerinde muhabirlik yaptı. Cumhuriyet Dergi ve Skala'ya yazılar yazdı. Simone de Beauvoir'ın *Sartre'a Mektuplar*'ını çevirdi (Düşün Yayınları, 1996). 1996'da Paris'e yerleşti. Sorbonne Üniversitesi'nde (Paris IV) Modern Fransız Edebiyatı lisansı yaptı. Saint Denis (Paris VIII) Üniversitesi'nde psikanaliz derslerine devam etti. Doğu Dilleri ve Medeniyetleri Fakültesi'nde (Inalco), *Doğu-Batı: Ahmet Hamdi Tanpınar'ın Huzur Romanında Türkiye'nin Belirsizlikleri* adlı lisans ve *Tanpınar'ın Saatleri Ayarlama Enstitüsü'nde Saçmanın Hüküm Sürdüğü Bir Kültürün Estetiğinden Kaygı Verici Yabancılığa Doğru* adlı master tezlerini yazdı. Halen aynı üniversitede *Orhan Pamuk'un Eserlerinde Doğu-Batı Sorunsalı* temalı doktora çalışmalarını sürdürüyor.

1

Gözlerimi açtığımda, karşımda bembeyaz bir duvar vardı. Sonra tüm vücuduma bir yığın garip aletin bağlanmış olduğunu fark ettim. Her tarafımdan kordonlar çıkıyordu. Tanrım hastanedeydim!

Bulmacanın parçaları yavaş yavaş kafamda yerine oturmaya başlıyordu. O uzun ve sancılı telefon konuşması... Günlüğüme yazdığım son satırlar:

"Keşfedilmemiş bir yıldız kümesi kadar uzak, kafasına çivi çaksan girmez bir şizofren kadar yalnız... Kendimi bile çekemiyorum, sizi ne kelime..."

Boğazımdan mideme inen hortum çıkartılana kadar çok acı çektim. Bu hortumu ilk fark ettiğimde, nefes almamı engellediğini düşünüp paniğe kapıldım. Ne garip oysa bir gece önce...

Çin işkencesinden kurtulur kurtulmaz, hemşireye ilk sorum:

"Beni buraya kim getirdi?" oldu.

"Acil servis," cevabını aldığımda şaşırdım, yaptığım sersemlikten nasıl haberleri olmuştu ki?

Bu kez hemşire sordu:

"Ne almıştınız?"

"İki şişe şarabın üzerine bir kutu valyum."

Sonra havayı biraz yumuşatmak için:

"Sartre da meskalin içip yengeçler tarafından kovalandığını sanmaya başlamamış mıydı?" diye ekleyince zavallı hemşirenin yüzü sarardı,

"Yoksa onu da mı deneyeceksiniz?"

Güldüm. O sırada odaya doktor geldi. Aklım sıra onlara her şeyin yolunda olduğunu göstermek için muziplikten vazgeçmiyordum:

"Madem ki yanı başımızda, haydi Closerie des Lilas'ya

gidip birer tek atalım. Hesaplar benden."

Bu sefer ciddi bir ses tonuyla:

"Biz iş saatlerinde içki içmeyiz," diye yanıtladıklarında, pişkinliğimi bozmayarak:

"O zaman kahve içersiniz," dedim.

"Ölümden döndüğünün ertesi günü sizin kadar neşesi yerinde olan hasta görmedik," diyerek şaşkın bir şekilde odadan çıktılar.

Akşamüstü ziyaretçilerim vardı. Mikail ve Cevdet karşılaştılar. Mikail kibarca bizi yalnız bırakmak için dışarı çıktı. Cevdet, gayet soğukkanlı bir şekilde konuşmaya başladı:

"Yirmi dakika sonra oradaydım. İçeri kapıyı kırarak girdik. Geldiğimizde komadaydın. Az kalsın sakat kalıyordun, ucuz kurtuldun. Ebru, seni görür görmez bembeyaz oldu. İlk müdahale odada yapıldı. Seni ayıltabilmek için tokatlamak zorunda kaldık. Hayatında kimseden yemediğin kadar tokat yedin benden. Adını adamlara öğretinceye kadar canım çıktı. Acil servis seni götürdükten sonra, ardından hastaneye geldik. Bir süre bekledik, ama doktorlar, en az on saat uyuyacağını söyleyince beklemekten vazgeçtik. Tahminimden çabuk uyandın. Valyumu nereden buldun?"

"Kedime uçak seyahatlerinde sakinleştirici hap yutturamadığım için, veteriner valyum vermişti. Ebru'yu niye çağırdın?"

"Anahtar ondaydı."

"Bana bir sigara verir misin?"

"Dışarıda, paltomun cebinde, yanımda yok. İyi görünüyorsun," dedi ve doktorun ziyaret saatinin bittiğini söylemesi üzerine çekip gitti. Bir dahaki gelişinde bana süt getirmesini istedim; tabii ki ne sütümü getirdi, ne de bir daha geldi. Anlaşılan beni görmeye değil, iyi olduğumdan emin olup içini rahatlatmak, vicdan azabından kurtulmak için gelmişti.

Ziyaretçilerden sonra telefonlar başladı. Önce evsahibim aradı:

"Çok geçmiş olsun neden böyle bir şey yaptınız?"

"Sanırım su katılmamış bir budala olduğum için."

Ardından perişan bir biçimde annem telefon etti:

"Hemen geliyorum."

"Anne, ne gerek var gelmene? Ben kendimi idare ederim."

"Kendini ne kadar idare ettiğin ortada, istesen de istemesen de yarın tepende olacağım küçük hanım."

Sonra yine etrafımı çevreleyen beyaz duvarlarla başbaşa kaldım. Colette yanılıyordu, Fransa'da hastanelerin duvarları filizî değil, düpedüz beyazdı işte.

2

Odamı bugün çok seviyorum. Techno dinleyen komşum da taşındı ya, artık keyfime diyecek yok. Tanrım o ne azaptı! Bu garip metal gıcırtılarını duymamak için eczaneden kulak tıpası bile almıştım. Ama nafile! Neyse artık hepsi geçti.

Mezarlık ziyaretinden kalan iki siklamen gül, sıcak ve hoş bir hava verdi sığınağıma. Güllerden biri karşımda, çalışma masasının üzerinde; diğeri lacivert bir şişenin içinde, yemek masasının üzerinde duruyor. İnsanın yazmak için kesinlikle sessizliğe, huzura, yalnızlığa ve kendine ait bir odaya ihtiyacı var.

Bu sabah Edgard Quinet pazarından alışveriş yaptım. Gaîté Sokağı'nda, her zamanki yerinde duran *clochard*[2]'ımın önünden geçerken dayanamayıp eline bir on frank tutuşturdum ve:

"Beş yıldır sizi hep buralarda görmekten bıktım!" dedim.

"Yakında işsizlik maaşım bağlanıyor, artık benden kurtuluyorsunuz," diye karşılık verdiğinde çok sevindim.

Ardından her zamanki mekânlarımdan, Daguerre Sokağı'ndaki bir kafeye çöreklendim ve Plutharkos'un *Ami véritable*[3]'ını okumaya koyuldum. Yanımdaki masada biri Fransız, diğeri Çinli, iki kız oturuyordu. Ara sıra konuşmalarına kulak kabartıyordum. Sonunda Uzakdoğulu kız, *L'invitée*[4] olduğunu sandığım bir parça okuyunca, başımı kaldırıp kitabın ismine bakmaya yeltendim. Kızcağız durumu fark etti ve gülerek kitabın kapağını bana gösterdi: Beauvoir'ın *Olgunluk Çağı*'ydı okuduğu. Ecole Normale'de edebiyat doktorası yapıyormuş, Fransız kız ise ressammış.

Hoş insanlardı. Çinli cin gibiydi, Batı'nın kartezyen

mantığı ile Doğu'nun mistisizmi üzerine ahkâm kesiyordu.

Ardından geçen gün *Le Monde*'un kitap ekinde Balzac üzerine okuduğum bir makalenin etkisiyle, *Otuzundaki Kadın* kitabını satın aldım.

Sonra yine Daguerre Sokağı'ndaki çiçekçiden, Montparnasse Mezarlığı'ındaki dostlara güller aldım. Tam sokağın bitimindeki, Mikail'in "Burası Roland'ın yeriydi," diyerek beni götürdüğü şarap kavına daldım. Barmenin dışında tek bir kadın müşteri vardı içeride.

Barmen,

"Kapalıyız," dedi.

Bense,

"Ama ben Topor'un arkadaşıyım, onu ziyarete gitmeden önce bir tek atmak istedim. Beni kapıya koyamazsınız," diye karşılık verdim.

Barmen beni şöyle bir süzüp,

"Hımm, Topor ne içerdi söyleyin bakayım?" diye sordu.

Ben kalakaldım.

Bunun üzerine,

"Aslında sen onun arkadaşı değilsin," dedi.

Ben de,

"Eh şey, doğrusu kendisini pek az tanıyabildim. Arkadaşının arkadaşıyım diyelim," diye cevap verdim.

Barmen bir de utanmadan:

"Haydi çabuk karar ver ne içeceğine de sonra sus, fazla konuşanlardan hoşlanmam," dedi

Üff, neyse ukala dümbeleği, Bordeaux'su bile yoktu, Morgon içmek zorunda kaldım..

Şarabım önümde, elimde yine Plutharkos, pek tabii ki konuşmalara kulak misafiri oldum.

Barmen ayrıldığı sevgilisinin ne kadar zor bir kadın olduğundan, psikanaliz gördüğünden ve her şeyi bu temele oturtmaya çalıştığından yakınıyordu.

Sonra "aslında ben hayatım boyunca barmenlik yapmadım, başka zevklerim, ilgi alanlarım da var"a geçti. Sevmedim bu adamı.

Ardından mezarlığın yolunu tuttum. Önce Roland'a uğradım. Mezarı bakımlıydı; görünüşe bakılırsa sık sık ziyaret edenleri var. Ağzından düşürmediği purosu da başının ucunda, öbür dünyada da kendisine arkadaşlık etmeye devam ediyordu.

İçtenlikle konuştum onunla. Ne garip, ancak bir ölüye karşı alabildiğince içten olabiliyor insan; oysa yaşarken hiç böyle konuşmamıştım Roland'la. Yani yakın da değildik tabii ama...

Komadan çıkmamda öteki taraftakilerin bir rolü olduğuna inanıyorum; beni kabul etmediler ve geri gönderdiler.

Roland'a teşekkür ettim ve zaman zaman onu kötü emellerime alet etsem de, sevmeyi bilip bilmediğimden emin olmamama karşın, kendime göre onu sevmiş olduğumu söyledim. Ondan beni koruyup kollamasını, arkamda olmasını rica ettim.

Sonra Beauvoir'a uğradım. Mezarı turistlerle çevrili olduğundan, gülü bırakıp biraz öteye çekildim. Çarçabuk, çevirmeni olmaktan öte, aramızda hiçbir ortak nokta olmadığını; benim yaptığım aptallıkları ve yaşama biçimimi görse çok eleştireceğini bildiğimi, olsa olsa bir Nathalie Sorokine portresi çizdiğimi anlattım.

Ardından bekçiye gidip,

"Baudelaire burada mı?" diye sordum.

Güldü.

"Ne o, yoksa gittiğini mi zannediyordunuz?" diye cevap verdi.

Ne bileyim, geçen gün Mikail söylemeseydi, ben onu Père Lachaise'de sanıyordum. Bekçi hemen elime bir ünlüler listesi tutuşturdu. Baktım Beckett de burada, Ionesco da. Maden bulmuş gibi sevindim.

Baudelaire'e doğru yola koyuldum. Onun da önünde turistler vardı; gülümü bırakıp gayet mesafeli bir şekilde:

"Beyefendi, aslında sizin şiirlerinizin Fransızca'sını çok iyi anladığım ve bildiğim söylenemez. Yine de size karşı bir yakınlık beslediğimi, bildiğim yegâne fotoğrafınızdaki keskin ve delici bakışların beni etkilediğini söyleme ihtiyacını duydum,

...Je suis la plaie et le couteau
Je suis le soufflet et la joue
Je suis les membres et la roue
Et la victime et le bourreau
Je suis de mon coeur le vampire
-Un de ces grands abandonnés
Au rire éternel condamnés
Et qui ne peuvent plus sourire!"[5]

diyerek sıvıştım çarçabuk.

Sonra Beckett'çiğime gittim. Ona bu kadar yakın olmak acaipti. Yine Baudelaire'le konuştuğum tarzda bir şeyler geveledim. Beckett'leri Türkçe okuduğumdan, eserlerine Baudelaire'inkilere nazaran daha vâkıf olduğum söylenebilir. Üstelik *Malone Ölüyor*'u da pek severim; *Godot*'yu, *Adlandırılamayan*'ı, kendisi için:

Kaçtı hep ölümden burada yatan

Artık kalmadı kaçacak zaman

diye mezar taşı yazıtı hazırlatan karakterin anlatıldığı *İlk Aşk* hikâyesine bayılırım. Beckett'ten sonra artık Ionesco'yu arayacak halim kalmamıştı. Bir an "Ama *Gergedan*!" dedim içimden, sonra "başka zaman" diye düşündüm.

Hac ziyaretimi tamamlamış, yorgun bir şekilde mezarlığı terk ederken Duras'ya rastladım. Mezarı yapılmış ama bin yıllıkmış gibi, kirli.

Ona gül bırakıp bırakmamakta tereddüt ettim; sonra sapı kırılmış bir gülü rastgele fırlatıverdim. Ardından ona böyle kötü davrandığım için kendimden utandım. Zavallının ne günahı vardı, kıt bilgili, aksi ve kaçık olmaktan başka. O da diğerleri gibi pekâlâ kelli felli bir yazardı. Belki de yaşama biçimi, bazı huyları, annesiyle olan problemleri, alkolikliği, Marx'ı ve Hegel'i okumadan komünist oluşu, üç tane yazar ismi sayıp yazmaya soyunmasıydı beni rahatsız eden.

Umarım beni lânetlemez; çünkü diğerlerinin "iyi dileklerini" aldım zannediyorum.

3

"Alo, Sainte Anne Hastanesi acil servisi mi?"

"Evet, buyrun."

"Beyefendi ben lânetliyim, beni kapatmanız lâzım, adresinizi verirseniz hemen oraya gelmek istiyorum."

"Hımm, tabii... Nasıl bir lânetmiş bu, geldiğinizde uzun uzun konuşuruz. Adresimizi veriyorum: 17, Garancière Sokağı."

Adresi hemen not ettim. Çantama birkaç temiz donla beraber, Pétrarque'ın *La vie solitaire*[6]'ini, halihazırdaki günlüğümü, Montblanc dolmakalemimi koyarak akıl hastanesine gitmek üzere bir taksi çağırdım.

Acil servise vardığımda, gece nöbetçisi hemşire ve hastabakıcılar etrafımı sarıp merakla beni dinlemeye koyuldular:

"Dünya beni reddetti, kapatın beni, dışarıda yaşamayı beceremiyorum. Gerçi Althusser'in dediği gibi burası pek konforlu bir yer değil, ama ne yapalım! Yargılayın beni!"

"Sainte Anne'ın nasıl bir yer olduğunu nereden biliyorsunuz, daha önce burada kaldınız mı?"

"Hayır, söyledim ya Althusser'den okuduğum kadarını biliyorum. Hem haydi artık kapatın beni!"

"Siz buyurun dışarıda biraz oturun, biz psikiyatrı arayıp gerekeni yapacağız."

Hastabakıcıyla beraber koridora çıktım. Bana bir papatya çayı yaptı. Yüzüne baktığımda onun benden daha zavallı durumda olduğu gibi bir izlenim edindim nedense. Konuşmaya başladık. Bana,

"Ne kadar mantıklı konuşuyorsunuz," dedi.

İşe bakın, mantıklı konuşan bir deli...

Çok geçmeden psikiyatr gelip, bana kısaca tüm hayatımı anlattırdı ve o gece orada konaklamama karar verildi.

Beni bir odaya götürüp üzerime, adi bir basmadan, çiçekli, ameliyat gömleğini andıran bir gecelik verdiler. Ardından bir uyku ilacı içirip, iyi geceler ve tatlı rüyalar dileyerek çekildiler.

Sabah uyanıp odadan dışarı çıktığımda, benim gibi burada konuk edilen üç kişiyle daha karşılaştım. Biri, aldığı nöroleptiklerden ayağını sürüye sürüye yürüyen yaşlı, tonton bir amca, diğeri doğru dürüst konuşamayan 17-18 yaşlarında bir delikanlıydı. Üçüncüsü ve içlerinde en normalleri ise ortayaşlı, sonradan uyuşturucu bağımlısı olduğunu öğreneceğim bir adamdı.

Hep beraber kahve, reçel tereyağı ve ekmekten oluşan kahvaltı sofrasına oturduk. Diğerleri konuşacak durumda olmadığından orta yaşlı adamla sohbete başladık:

"Kuyumculuk yapıyorum. Kokain ve içki bağımlısıyım. Arada sırada buraya gelir, bir-iki hafta kalır, çıkarım. Çıktığımda canım içki de uyuşturucu da istemez."

Benim kuyumcuyu tam *scrabble* oynamak için kafaya almışken, sabah nöbetini devralan doktor geldi ve beni yanına çağırdı.

"Evet, kendinizi anlatın bakalım."

"Bu ülkede hayalet gibi yaşıyorum yıllardır. Önceden söyleyeyim, sosyal sigortam yok, umarım benden para talep etmezsiniz?"

"Tabii ki edeceğiz, geceliğimiz üç bin beş yüz franktır."

"Ama bana yalnızca bir uyku hapıyla, bir kahvaltı verdiniz..."

"Sizi ağırlayıp dertlerinizi dinlediğimizi unutuyorsunuz!"

"Tekrar ediyorum: Bu parayı ödeyemem. Neyse, kendimden bahsetmemi istemiştiniz değil mi? Türk'üm, dört yıldır Paris'te yaşıyorum. İlk bir senemi yataktan neredeyse hiç çıkmayarak, sürekli Proust okuyarak geçirdim. Ardından çeşitli edebiyat fakültelerine devam ettim, ama hep çaktım. Şair kocamdan ayrı yaşıyor, bir hizmetçi odasında oturuyorum. Sigortasız çalışıyorum. Geçtiğimiz ay bir intihar girişiminde bulundum. Başıma ne gelirse içkiden geliyor. Sürekli içmiyorum, ama başlayınca duramıyorum, yani dipsomanım."

"Bak bak, terimleri de biliyoruz demek! Sanırım sizi buradan göndereceğiz, ama ihtiyacınız olduğunda tekrar gelebilirsiniz. Kapımız size her zaman açık."

Uyuşturucu bağımlısı arkadaşımı, *scrabble* oynayamayacağımızı söylemek için aradım, ama bulamadım.

Buradan da kovulmuştum!

4

Dün bütün gün yataktan çıkmadım; tembellik yaptım. Biraz Balzac'ın *Otuzundaki Kadın*'ını karıştırdım, biraz yine Rilke'nin *Malte Laurids Bridgge'in Notları*'nı, bir baştan, bir sondan okudum.

Zaten, bir Türk derneğinin gazetesini çıkarmak -bir başka deyişle üçkâğıtçılara yataklık etmek- olan son işimden istifa ettiğimden beri, pijamalarım üzerimde, yalnız gerekli bir-iki alışverişi yapmak üzere, pijamanın üstüne palto giymek suretiyle evden çıkıyor, sonra dönüp sıkıntı içinde bir şeyler okumaya çalışıyor, sıkılarak çeviri yapıyor, tavanlara bakarak aptal aptal düşünüyorum.

Öylesine uyuşmuş vaziyetteyim ki çoğu zaman günlüğümü açmaya, kalem tutmaya bile üşeniyor, yazmak istediklerimi şöyle bir aklımdan geçirerek, kendime acımaya devam ediyorum. Oysa ben "bir odada yalnız kalmayı becerebiliyorum," öyleyse nedir bu bunaltı, bıkkınlık, yorgunluk?

Tek satır yazamasam da, edebiyat ve felsefe tarihini doğru dürüst öğrenemesem de, sonunda "mektup" saplantım, olağanüstü bir "mektuplaşma" kültürü geliştirmeme sebep oldu. Rilke'de, Enis Batur'un *Gönderen Enis Batur*'unda ve Versini'nin *Le roman epistolaire*[7]'inde karşıma çıkan Mariana Alcoforado'nun *Portekizli'nin Mektupları*'nı (ancak edebiyat tarihinde yazarı Guilleragues olarak geçer) sonunda dayanamayıp aldım ve okudum. Kırk sayfayı bulmayan kısacık beş mektup ne kadar polemik yaratmış ve hakkında ne kadar yazılıp çizilmiş.

Bu mektupların rahibe Alcoforado mu, yoksa şövalye Guilleragues mı tarafından yazıldığı çok tartışılmış ve sonunda Guilleragues'da karar kılınmış. Hatta Rousseau, "Bu mektuplar asla bir kadının kaleminden çıkmış olamaz!" demiş. Rousseau'yu feci sevip, salya sümük ağlayarak tekrar tekrar okuduğumu ve Madame de Staël'in "Lettre sur J. J. Rousseau" denemesinde belirttiği gibi, sevgisizlikten ve melankoliden öldüğünü düşündüğüm aklıma geldikçe kızıyorum kendime.

Alcoforado'nun mektuplarında, delilik derecesinde tutkun bir kadın (pardon rahibe), sanki kalbi fırlamış, göğüs kafesini yarmış ve kalem haline gelip ifade etmiş duygularını içten bir şekilde.

Aslında "edebiyat" yapmak amacıyla yazılmamışlar (Alcoforado'nun kaleminden çıktıklarını varsayarsak), işin garip ve güzel tarafı da bu zaten.

5

Bay Rilke,

Perişanım. Maalesef dağın tepesine doğru ittiği kaya, tekrar aşağı yuvarlandığında sürekli şaşıranlardanım. Aksini bir türlü beceremiyorum. Mümkünse sizden beni biraz dinleme lûtfunda bulunmanızı rica edeceğim.

Ağıt'larınızı bile doğru dürüst okumamışken, küçücük odamda oturup haddim olmayarak, sizden ***pastiche***[8]'ler yapmakla geçiriyorum tüm vaktimi. Elimden bir tek bu geliyor.

Bu size yazdığım ikinci mektup. Birincisi, geçtiğimiz yaz yazdığım günlüklerdeydi. Ne yazık ki, şiddetli bir paranoya krizinin sonucunda, "yalnızca bir delinin sayıklamalarından" ibaret olduğunu düşündüğüm koca günlükle birlikte imha edildi.

Birkaç gün, bir yıllık bir hayatın envanteri olan bu kâğıt parçalarını odamda sakladım. Hatta mektubunuzu yapıştırma girişiminde bile bulundum. Ancak sonuç başarısız olunca hepsini çöpe attım. Şimdi o anki içtenliğimle yazmaktan acizim.

Ah Bay Rilke, benim gibi bir cahilin, cesaretlenip de sizinle konuşmaya kalkışması ne büyük saygısızlık!

İlkokulda okumayı ve yazmayı sınıf arkadaşlarıma oranla oldukça geç söktüm. Üstüne üstlük sağdan sola, ters yönde yazıyordum.

Hiçbir zaman büyük bir kitap kurdu olmadım. Sürekli zevklerimin peşinden sürüklendim; yalnızca hoşuma giden topu topu beş-on kitabı okumuşumdur.

Beceremiyorum...

Bundan altı ay kadar önce Luxembourg Parkı'nda oturmuş, ıhlamur çiçeklerinin kokusunu içime çekiyordum. O günlerdeki tek eğlencem, kendime "virtüel madlen" adını taktığım bazı küçük mutluluklar icat etmekten ibaretti.

Örneğin, parktaki ıhlamur çiçeklerinin kokusu ya da bir gün Rostand'da gece inerken kendimi Bodrum'un denizinde, suyun kaldırma kuvvetine bırakmış, sahilden gelen ***Bağdat Kafe*** filminin müziğine kulak kabartırken hissettiğim mutluluğu yeniden yaşamak... Bir nevi kendinden geçiş, bulunduğu zamandan ve mekândan sıyrılıp hafifleyerek, gerçekte olmayan bir mutluluğun kollarına kendini düşünce ve yazı yoluyla bırakmaktı bu.

Artık bu satırların hiçbiri yok, tıpkı kapıldığım mavi yanılsamanın çoktan gözden yittiği gibi...

6

Birkaç aydır Odéon'da, eski Amerikan filmlerinin oynatıldığı Action Christine Sineması'nda teşrifatçılık yapıyorum.

Artık dünya yüzünden silinmekte olan bir mesleği icra etmek hoşuma gidiyor doğrusu. Bütün kaprislerimi çeken ve beni en iyi anlayan dostum sayesinde bulduğum bu şiirsel işi seve seve yapıyorum.

Sinemada herkesin bir hikâyesi var. Burası bir nevi kurtarılmış bölge, son Mohikan'ın yeri.

St. Germain'de birbiri ardına kapanan eski kafeler ve kitapçıların yerine açılan ünlü markaların butiklerine karşı direniyor bu küçük sinema.

Tam yitirilmiş mavi yanılsamaların peşinde koşan bir orman kaçkınına, yani bana göre bir yer.

7

Birkaç ay önce Lacan'ı rüyamda gördüm. Hayırdır inşallah. Raoul Ruiz'in *Le Temps Retrouvé* filmindeki yeraltı mağarası gibi bir yerdeyiz ya da İstanbul'daki Yerebatan Sarnıcı gibi. Yüksek mermer sütunlar ve pırıl pırıl parıldayan bir suyla çevrili etrafımız. Lacan, üzerinde kareli ceketi, ağzında yamuk purosuyla karşımda. Ona şu soruyu soruyorum:

"Geçenlerde *Lire* dergisi'nde 'Etait-il un char*lacan*?' diye bir yazı yayımlandı. Paraya olan düşkünlüğünüzü, başlamasıyla bitmesi bir olan kısa analiz seanslarınızı, hastalarınızı hor görmenizi, o meşhur karmaşık '*mathème*[9]'lerinizi düşündükçe size duyduğum güven bazen sarsılıyor doğrusu. Söyleyin bana, siz gerçekten bir şarlatan mısınız, yoksa size inanabilir miyim?"

Bana hiç cevap vermiyor. Arkasını dönüp sütunların arasında yürümeye koyuluyor. Ben de onu takip ediyorum. Bu kadar.

Rüya tabirleri konusunda pek yetenekli olmadığım için bunun neye alâmet olduğunu çıkaramayacağım, ama anlaşılan psikanalize gereğinden fazla kafa yoruyorum şu son zamanlarda.

Dora, *Kurtların Adamı, Fareli Adam, Küçük Hans*; hepsi de hayatımın bir parçası haline geldi. Hatta o kadar ki, bazen yazıya olan merakımı, Freud'un Schreber vakası, Lacan'ın meşhur erotomanı *Marguerite Anzieu*, nam-ı diğer *Aimée* ile kıyasladığım oluyor. Bu vakitlerde kaleme, kâğıda dokunmak içimden gelmiyor; "aslında aktarmak istediğim bir delinin saçmalamalarından ibaret" deyip, geçip gidiyorum.

Schreber, elli yaşına geldiğinde, yargıtay başkanlığına getiriliyor ve bu önemli görevin getirdiği sorumluluğun altında ezilip, "baba rolü"nü kaldıramayarak keçileri kaçırıyor. Akıl hastanesinde ***Les memoirs d'un névropathe***[10]'ı yazıyor. Anlattıkları, Tanrı'nın eşi olup onunla çiftleştiği ve bu çiftleşmeden üstün bir ırk yarattıklarına dair bir sürü deli saçması. Freud bunun, Schreber'in aslında hastanedeki doktoruna âşık olup, gizli homoseksüel eğilimler taşımasından kaynaklandığını savunuyor.

Marguerite Anzieu ise bir aktrise âşık olup onu bıçaklıyor, onun da okumadığım birçok hikayeleri var. Ünlü bir psikanalist olan oğlu, annesinin ölümünden sonra, yazdığı bir piyesi basıp kitaplaştırıyor. Onu da okumadım, bir kitapçıda rastlayıp şöyle bir karıştırmıştım.

Yine bana dönersek, niçin yazma tutkumu bir akıl hastalığı olarak nitelendirdiğimi şu ana kadar çözmüş değilim. İnsanı yazmaya sürükleyenin ne olduğunu düşüne düşüne bu çılgın sonuca varmak ne garip. Belki delilik ve yazarlık arasındaki tek ilişki, yazarın da delinin de toplumla ilişki kurabilmek için dili kullanması, kendine özgü bir üslup ve dünya yaratmaya çalışması.

Evet, içinde yaşadığım, ama hep uzaktan baktığım, hiç anlamadığım, hep kıyısında, köşesinde kaldığım toplumla uzlaşabilmak için, yazmanın yeterli olmadığına karar verip, sonunda psikanalizden medet ummaya başladım. Beni, o çok özlediğim normalliğe kavuşturacak tek yol buydu.

8

Her zamanki gibi hayâl âlemine dalmış bir şekilde evde pineklerken, bir gün Mikail panik içinde beni aradı: "Çabuk televizyonu aç, New York'taki İkiz Kuleler'e uçakla saldırı düzenlendi. Dünya batıyor, çok para harcama, aman dikkatli olmak lâzım, ne olacağı belli değil!"

Şaşkınlık içinde televizyonu açtım, gerçekten de İkiz Kuleler alev alev yanıyordu, Manhattan sokakları panik halinde kaçışan insanlarla doluydu. Kurgu ile gerçeği ayırt edene kadar epey bir zaman geçti. Zaten normal zamanda da pek fazla işlemeyen beynim o anda durdu. "Böylesine çıldırmış bir dünyada artık benim küçük isteri krizlerimin bir anlam ve önemi yok," dedim kendi kendime. Zaten dünyayı pek parlak bir gelecek beklemediği için kendi geleceğim, hırslarım üzerine kafa yormanın bir mânası kalmamıştı artık.

Olayla ilgili yorumlardan birinde, Paul Auster kimsenin kolay kolay fark edemeyeceği bir ayrıntıya dikkat çekti. Bir itfaiyeci "birçok kişi hayatını kaybetti" diyeceği yerde, "birçok hayat kaybettik" demiş. Auster'in kızı o gün liseye başlıyormuş ve ilk defa metroya binip, olaydan bir saniye önce Dünya Ticaret Merkezi'nin altından geçmiş.

9

Freud, insanın içinde gerçekten yaratıcılık varsa, psikanaliz bunu köreltmek bir yana, daha da güçlendirir, diyor. Ben de buna inandığım için psikanalistimle kedi köpek gibi sürekli birbirimizi yememize rağmen, büyük bir kararlılıkla analizime devam ediyorum.

Freud'u gitgide daha sempatik bularak, umarım kendimi sonuçsuz bir maceraya bırakmamışımdır. Analize duyduğum bu aşırı ilgiden dolayı babam benimle alay ediyor. Geçenlerde dedi ki, "Sen yanlış yüzyılda yaşıyorsun. On dokuzuncu yüzyıl Viyana'sında yaşamalıymışsın!"

Ah keşke analistim de biraz olsun böyle düşünseydi! Hiç de psikanaliz için biçilmiş kaftan olduğum kanısında değil. Sık sık, ne yapıp edip onu çileden çıkarmayı becerdiğimi söylüyor, kızınca beni kapının önüne koyuyor. Hatta sekiz ay önce, ona anlattıklarımın ancak bir roman konusu olabileceğini, analizle uzaktan yakından ilgisi olmadığını öne sürerek görüşmelerimize son vermişti ve hiç ilerleme kaydedemediğimi belirterek, artık ona gelmemin bir anlamı olmadığını eklemişti. Perişan olmuştum; demek analiz olmayı beceremeyecek kadar yeteneksizdim ya da daha da beteri, iflâh olmaz psikotikler sınıfına giriyordum. İkisi de birbirinden beter.

Birden bu ani ayrılığın bana çok koyduğunu fark ettim. Acı çekiyor olmalıydım. Analistimin aniden seanslara son vermesini; beni terk etmesi, sevmemesi, beğenmemesi olarak yorumluyor ve durduk yerde ağlayıp dövünüyordum. Sonunda çareyi psikanaliz kitaplarına saldırmakta buldum. Doktorlara göre, bir hastanın kendini okuyarak iyi etmesi olacak iş değildi. Ama olsun benim de derdim yalnızca içimi rahatlatmaktı zaten.

Analistimin seanslar sırasında üstüme en çok geldiği konulardan biri suskunluğumdu. Seanslarda ağzımdan bir kelime çıkana kadar en az on beş-yirmi dakika geçiyordu.

Okuduklarımdan yarım yamalak anladığım kadarıyla, Freud'a bakılırsa burada söz konusu olan yıkıcılık veya ölüm itkisiydi ya da hastanın analistini düşünmesine veya homoseksüelliğine işaretti. Lacan'a göre ise transferin çok şiddetli olduğu durumlarda, direnç kendini suskunluk olarak belli ediyordu.

Yine okuduklarıma dayanarak önceleri analistime karşı negatif bir transfer geliştirdiğimi düşünürken, giderek ona âşık olduğuma karar verdim. Mikelanj heykeli kılıklı bu Apollon'un cazibesine kapılmamak mümkün müydü zaten? Evet, yakışıklılığının tek kusuru bir heykel kadar soğuk ve ifadesiz olmasıydı.

Analistimin beni terk edişinden altı ay geçtikten sonra onu aradım ve bir randevu istedim. Artık onu ilerleme kaydettiğime ikna ettiğimden mi, yoksa 11 Eylül olaylarından sonra dünyanın zıvanadan çıkmış olduğunu düşündüğünden mi bilmiyorum, bana bir şans daha vermeyi kabul etti.

İki aydır gül gibi geçinip gidiyoruz. Üstelik artık seanslar sırasında sürekli saatime bakma takıntısından da vazgeçtim. Özellikle bu onu deli ediyordu.

Şimdi en azından kendimi ona beğendirmek için satın aldığım elbiseleri gösterene kadar seansların devam etmesini istiyorum. Yoksa koca bir gardırop düzmek için harcadığım paraların hepsi heba olacak.

10

Geçtiğimiz kış Enis Batur'un *Acı Bilgi*'sini okuduğumda kıskançlıktan çatladım. "Tanrım, ben kendimi bu şekilde ifade etmeyecek olsam da, bazı açılardan ne kadar yazmayı düşündüğüm şeye yakın!" demekten kendimi alamadım. Üstelik Montparnasse Mezarlığı'nın planını da kitabına koymuş; Bach'ın fügleriyle bağlantı kurmuş -benim tercihim fügler yerine sonata ve partitalar olsa da- ve Klee'nin *Unutuş Meleği*'ni kapak yapmış (benim bundan çok güzel mektup kâğıtlarım vardı). "Yine geç kaldın," dedim kendi kendime. Artık yazmayı planladığım günlük-metinlerin bir anlamı olmadığına karar verdim.

Belki de analistimin dediği doğru, bir türlü ilerleme kaydedemiyorum. Acaba hayatımı sürekli küçük iş ilânları okuyarak mı geçireceğim? Şurası bir gerçek ki, yıllardır iş bulmak için küçük ilânları okuyarak, titizlikle özgeçmişler hazırlayıp yollamaktan – yüzde doksan red cevabı almama rağmen- hâlâ vazgeçmedim. Olumsuz cevaplardan oluşan mektupları biriktirerek bir dosya yaptım hatta.

11

Mikail'e geri döndüm.

Hayatımda hiçbir şeyi değiştirmeyi başaramadığım için kadınca bir içgüdüyle, sürekli saçlarımın şeklini değiştirip duruyorum.

12

Üç gün boyunca "ne yapsam da bu yazıyı yazmaktan kurtulsam," diye düşündükten sonra, nihayet bugün bir dergiye yazmam gereken resim sergisi yazısını ahlaya uflaya bitirdim. Hayatım zaten "hiçbir şey yapmadan yaşama sanatı" veya "on derste zaman öldürme teknikleri" üzerine kurulu. Örneğin elektrikli şofben su sızdırıyor, tamir edilmesi lâzım. Önce birkaç gün durumun vahameti üzerine düşünüyorum. Arkasından öyle bir tamirci buluyorum ki, telefon ettikten ancak on gün sonra geliyor. Duruma bakıp gittikten sonra bir daha ortalarda görünmüyor. Tekrar telefon ettiğimdeyse, artık o işyerinin kapanmış olduğunu öğreniyorum. Böylece şofben tamir edilmeden olduğu gibi kalıyor. Bunu dert edinerek kendime zaman öldürme bahanesi çıkarıyorum. Yapılması gereken işler birikip öylesine içinden çıkılmaz bir hale geliyor ki, ben de bunu bir varlık problemine dönüştürüp, hayatın ne kadar zor ve yaşanmaz olduğuna karar veriyor ve depresyona giriyorum.

Depresyona girince sizi rahatsız eden düşüncelerden kurtulmanın en güzel yolu, yatağın içine girip, yorganı kafanıza kadar çekmek ve uyumak. Uyuyup uyanıyorum, düşünüyorum, düşününce yapmam gerekenler aklıma geliyor, paniğe kapılıyorum ve tekrar uyuyorum; böylece günler geçip gidiyor işte. Yok canım yok, bugünlerde hiç tadım yok.

Biraz ayakta kalacak gücüm olduğundaysa kendimi sokaklara atıyorum düşünmekten kaçmak için. Ayaklarıma kara sular ininceye kadar dört-beş saat avare avare yürüyorum. Yine malûm tembellikten dolayı Seine Nehri'nin sol kıyısından sağ kıyısına bile geçemiyorum. Evinin etrafından uzaklaşmaya çekinen bir kedi gibi garın kıyısından yürüye yürüye Montparnasse'a çıkıyorum. Oradan her zamanki güzergâhım Rennes Sokağı'ndan geçerek, vitrinlere baka baka, acıktığımda bir kafede mola vererek yavaş yavaş yürümeye başlıyorum. Bazen vakit geçsin diye bir butiğe girip bir şeyler denediğim de oluyor. Geçenlerde bir ayakkabıcıda sekiz-dokuz model deneyerek, zavallı satıcıya defalarca merdiven indirip çıkarttıktan sonra, dükkândan bir şey almadan çıkıp gittim. Sonra Rennes Sokağı'nda yıllardır tanıdığım bazı *clochard*'lara rastlıyorum. Yine zaman geçsin diye onlarla sohbet ediyorum. Bugünlerde Euro'ya geçtiğimizden, benim *clochard*'lardan birine "Hâlâ frank kabul ediyor musunuz?" diye sordum. Güldü. "Tabii" dedi.Bir süre daha tedavülde çifte para kalacak. Uf, bu da ayrı bir dert. İşin yoksa bir sürü bozuk parayla uğraş, Euro'yu Frank'a çevirmek için çarp, böl dur. Sıkıntıya hiç gelemem ve değişiklikten nefret ederim.

Sonunda Rennes Sokağı'ndan Saint Germain Bulvarı'na, kilisenin karşısına çıkıyorum. On birinci yüzyıldan kalma bu kilisenin çan kulesine bayılıyorum. Günün her saatinde, bakılan açıya ve göğün rengine göre hep bambaşka bir çehreye bürünüyor. Gündüzün toz mavisi bu kuleye sıcak ve cana yakın bir hava verirken, akşamın laciverdi onu daha gizemli ve ihtişamlı yapıyor; yağmurlu günlerin grisi ise kuleye hüzün veriyor.

Sonra, kilisenin duvarlarına yapıştırılmış olan konser afişlerine bakıyorum. Bunları okurken içim gidiyor ama asla kendimde kalkıp oralara kadar gidecek gücü bulamayacağımı biliyorum.

Saint Pères Sokağı'nda analistimin bürosu olduğundan, randevu günleri haricinde buradan geçmekten pek hoşlanmıyorum. Kimbilir belki de kendime hakim olamam, ayaklarım beni analistimin kapısına götürür diye korkuyorum.

Bazen Odéon'a doğru yürüyüp, L'Ancien Comedie Sokağı'ndan Buci Kavşağı'na dalıyorum. Canım çekerse Seine Sokağı'nda, dükkânında opera çalan sandviççim Cosy'ye uğruyorum ya da Café Palette'e Jean-François'ya "merhaba" demeye gidiyorum. Grégoire de la Tour Sokağı'nda şimdi çok turistik bir restoran olan Boris Vian'ın evi, (yemeklerin isimleri Boris Vian, Miles Davis...), tam karşısında da maç seyrederken bağırışlarıyla sokağı inleten Galatasaraylılar Cemiyeti var.

Dauphine Sokağı'nın ilerisi ise Seine Nehri'ne çıkıyor, ben zaten karşı kıyıya geçmeden geri dönüyorum. Arada bir dönüş yolunda Vieux Colombier Sokağı'ndan Saint Sulpice'e saptığım oluyor, Café de la Mairie'de bir şey içmek için. Sonra Luxembourg Parkı'ndan Montparnasse'a ve hoop eve.

Mikail, Paris'e ilk geldiğimde bana: "Öğrenmen gereken dört bulvar var; Montparnasse, Raspail, Saint Germain, Saint Michel Bulvarı, dördü de birbirini keser. Bunları öğrendiğinde Rive Gauche'u öğrenmiş sayılırsın," demişti. Şimdi hayatım bu dört bulvarın etrafında dönüyor.

Bugün dergi için yazdığım yazıyı bitirdikten sonra biraz evden çıkayım dedim ve iki sokak ötedeki kafeye çöreklendim. Günlerden pazar olduğu için pek fazla seçenek yok, mahallede her yer açık değil. Burası Çinlilerin işlettiği ve daha çok gençlerin geldiği bir kafe. Gençler gruplar halinde büyük masalara oturup, nefessiz kalıncaya dek konuşuyorlar. Birbirlerine anlatacak bu kadar çok şeyi nereden buluyorlar hiç anlamıyorum. Ben iki kelimeyi bir araya zor getiriyorum konuşurken. Analistimde on beş dakika sustuktan sonra, ancak beş dakika anlatacak bir şey bulabiliyorum. Bildiğim bir şey varsa, o da Fransızların çok geveze bir millet olduğu.

13

Geçen gün analistimde ortalık yine toz duman oldu. Bu ilişkinin sonsuza kadar böyle süremeyeceğini, analize devam etmek istiyorsam gelişme göstermem gerektiğini söyledi. Kan beynime sıçramıştı, psikanalizin amacı insanın hayatını yapıcı yönde yeniden kurmasını sağlamaksa, üç yılda iki tez yazıp iki de üniversite diploması sahibi olmuştum, ama yine de adama yaranamıyordum. Ne diye bu kadar huysuzlanıyordu hiç anlamıyordum. Zaten karşıma ne zaman, nerede, doğru dürüst anlayışlı bir insan çıkmıştı ki!

"Benim de herkes gibi sevilmeye, beğenilmeye, toplum tarafından kabul görmeye ihtiyacım var," dedim. Demez olaydım! "Madem öyle, niye buraya geliyorsunuz, gidin bir takım dernek veya tarikatlara üye olun daha iyi," diye yapıştırmasın mı lâfı beyefendi. Biraz alıklaşmıştım. "Benim de en az şu dışarıda sırasını bekleyen ümitsiz görünüşlü kadın kadar size ihtiyacım var. Mucizeler yaratamadığım için özür dilerim," diye cevap verdim. Hemen atıldı: "Bakın, işte hep böyle kelimeler kullanıyorsunuz. Analizin mucizeyle falan ilgisi yoktur. Zaten burada yapmakta olduğumuzun da analizle pek alakası olduğunu düşünmüyorum."

"Pekiyi, madem analiz istediğiniz gibi ilerlemiyor, o zaman bir daha gelmeyeyim. Yalnız tanıdığınız 38 beden bir kadın varsa, size son aldığım giysilerimi vereyim; çünkü size gösteremedikten sonra dolu bir gardıroba ihtiyacım yok," dedim çekine çekine.

Birden yine başını sinirli sinirli bir ileri bir geri sallamaya başladı: "Gardırobunuzla analizin ne ilgisi var. Haftaya yine aynı saatte sizi bekliyorum. Bu söylediklerimi de bir düşünün. Defalarca aynı şeyi tekrar ettim, ama siz beni anlamamazlıktan gelmeyi tercih ediyorsunuz. Son defa söylüyorum, bir analizin var olabilmesi için her şeyden önce bilinçaltıyla temas etmek gereklidir."

Bıktım bu bilinçaltı meselesinden! Düşünmek... Hayatım kukumav kuşları gibi düşünerek geçiyor zaten. Ben hafiflemek, mümkünse her şeyi unutmak istiyorum. Tanrım bu adama tahammül edemiyorum, öyleyse neden kapıyı vurup çekip gitmiyorum? Mümkün değil, bir bebeğin annesine olduğu kadar muhtacım ona. Ama beni öylesine yoruyor ki! Mazoşistlik de var mı acaba bende? Ama öte yandan hayatımda çok sınırlı sayıda insan var ve bütün lânetliğine rağmen o da görmek istediğim, yanında olmayı arzuladığım ender insanlardan biri. Yani, hani diyorum biraz daha iyi anlaşabilseydik. Örneğin bir gün: "Aferin annenize, güzel bir eser meydana çıkarmış," dedim. "Şimdi durup dururken annemi niye karıştırıyorsunuz anlamıyorum," diye cevap verdi. Burada anlaşılmayacak ne var, aşikâr bir biçimde yakışıklılığına iltifat ediyordum. Alt tarafı küçük bir şaka yapıp ortamı biraz neşelendirmek istemiştim. Fakat ne yapayım ki analistim şakadan anlamıyor!

14

Çalışma masamın başındayım. Fonda Beethoven'in piyano konçertoları var (tercihim piyanoda Chopin'den yana olsa da...) Kedim masamın üzerinde, yanı başımda uyurken, bir yandan da kuyruğuyla defterimi okşuyor. İnsan hayatta daha başka ne isteyebilir ki!

"İnsanoğlu saadetin düşmanıydı," diye yazmış Ahmet Hamdi. Allahtan yitirmekten korkacak derecede hiç mutlu olmadım hayatta. Ama yine de ne zaman kendimi biraz mutlu hissetsem, bunu kaybedeceğim hissiyle kaygılanıyorum. Belki de bu nedenle biraz kendi köşemde, dünyadan uzak yaşıyorum.

15

Keskin soğuk bir kış günü. Bulvardaki kestane ağaçları çoktan yapraklarını döktüler. Penceremden ay görünüyor. Karşımdaki otelin odalarının ışıkları tek tük yanıyor; bazen bir insan silueti belirip kayboluveriyor.

Formda değilim. Ne yapacağımı bilmeden öylece oturuyorum pencerenin önünde. Mikail beni akşam yemeği için bekliyor, aşağı inmeliyim. Chopin'in *Nocturne*'leri hiçbir engele takılmadan akıp giden bir su gibi, içimde huzur verici bir devamlılık hissi uyandırıyor. Oysa benim kalemimin ucu tıkalı, kalem kâğıt üzerinde kaymıyor. Yine Ahmet Hamdi'nin bir sözü aklımda: "Hayatta her şey unutuluyor, bir insan çehresinin ıstırabı, bir de güzellik unutulmuyor." Belleğimde, derin çizgilerle dolu yüzü acıdan kaskatı kesilmiş bir ihtiyar kadın resmi.

16

Tek yapmak istediğim şey uyumak. Oturduğum yerden kalkıp elimi bir işe atmak için oldukça gayret sarf etmem gerekiyor. Zaten bugünlerde Mikail'le yapabildiğimiz yegâne şey oturup karşılıklı roman okumak, yorulunca da kitabı elimizden bırakıp kestirmek. Mikail "Kış depresyonudur, geçer," diyor. Fakat bu mayışmışlık iç sıkıntısından da beter. İnsan bunalırken de bir şeyler yapabiliyor, ama bu sürekli uyku hali elini kolunu bağlıyor. Ne yapmalı acaba?

Sokağa çıkıp da keskin soğuk yüzüne vurunca, biraz ayılır gibi oluyorsun. Dün kendi mahallemden biraz ayrılıp Monge Meydanı taraflarına gittim. Önce ikinci el, eski püskü elbiseler satan bir dükkanda epeyce vakit geçirdim. Küf kokulu giysi yığınlarını karıştırarak, hiç giymeyeceğim siyah bir elbise aldım. Sonra des Ecoles Sokağı'na saptım. Önüme psikanaliz kitapçısı çıkınca dayanamayıp içeri girdim.Bir yandan kitaplara bakıyor, bir yandan da kitapçı ile müşteriler arasındaki konuşmaları dinliyordum. Gençten bir çocuk, Freud külliyatını almaya niyetlenmişti anlaşılan. Kitapçı saplantı nevrozuyla ilgili kitap olarak *L'homme aux loups*[11] deyince, hemen araya girip *L'Homme aux rats*[12] diye düzelttim. Satıcı bana teşekkür ettiğinde dersini iyi çalışmış bir çocuk gibi sevindim. Sonunda Didier Anzieu'nün *Créer et Détruire*[13] adlı kitabını alıp çıktım. Daha önce Anzieu'nün Beckett üzerine yazdığı "yaratıcılık ve otoanaliz" ile ilgili bir denemesini okumuştum. Bu kitapta da Beckett'e, Beckett'in Bion'la yaptığı analize dair genişçe bir bölüm var. Analistim yine psikanaliz kitaplarının üstüne atladığımı duysa, saçını başını yolup sinir krizi geçirecek. Bir süredir aramız iyi maşallah. Aman nazar değmesin, gül gibi geçinip gidiyoruz. Hatta geçenlerde beni çok şaşırttı: Birden ismimi telaffuz edip "Maya Lâle"nin Fransızca'da bir karşılığı olup olmadığını sordu. Afallamıştım. Analistimin dudaklarından ismimin dökülmesi bana müthiş onur vermişti. Ne güzel de telaffuz etmişti ismimi kerata! Sorusuna cevap verdikten sonra bir süre mutluluğun verdiği sarhoşlukla susup oturmuştum. Eh artık bu mutluluk beni bir süre idare eder.

17

Bugün hava güzelceydi. Ben de özellikle yapacak bir işim olmadığı halde sokağa çıkıp, güneş ışıklarının kemiklerimi ısıtacağı bir kafe arayışına koyuldum. Aslında amacım, gar tarafında, Çinli'nin yanındaki kapısının önünde iki masa olan kafeye oturmaktı. Ancak burası dolu olduğundan, başka bir güneşli kafe bulmak üzere mahalleyi şöyle bir turladıktan sonra, gözüme kestirdiğim yerlerin dolu olduğunu görünce çaresiz, daha çok gençlerin rağbet ettiği, kalabalık ve gürültülü olan kafeyi seçmek zorunda kaldım.

Elimde Mikail'in çok sevdiği ve sık sık geri dönüp okuduğu bir Memduh Şevket Esendal kitabı vardı. Mikail özellikle, yzarın *Hayat Ne Tatlı* hikâyesini senede bir kere okumamı tavsiye eder durur. Güneşin karşısında gerine gerine oturup, *Hayat Ne Tatlı*'yı okumaya koyuldum. Hikâyenin kahramanı Hafız Nuri Efendi de benim gibi evden amaçsız amaçsız dolaşmak için çıkıyor, hani dışarı çıksa da bir, çıkmasa da... Sokakta karşılaştığı insanlar onu yarı yolda bırakıp gidiyor, hatta tavla oynarken seyrettiği adam Nuri Efendi'ye kendisine uğursuzluk getirdi diye sinirleniyor. Yaşasa da olur, yaşamasa da bir durumda, akşam eve girip annesinin yaptığı yemeğin kokusunu duyduğunda, her şeye rağmen hayatın ne kadar güzel, ne kadar yaşamaya değer olduğunu düşünüyor Nuri Efendi. Kısa, hoş, yaşamı olduğu gibi gösteren bir hikâye.

Oysa ben öyle aksi bir tabiata sahibim ki, sürekli söylenip duruyorum. Geçenlerde Mikail'le televizyon seyrediyorduk. Bacak kadar bir kız, bir de oğlan çocuğu, kör annelerinin yapamadığı her işe koşturuyorlardı. Öylesine şirindiler ki zerre kadar hallerinden şikâyet ediyorlarmış gibi görünmüyorlardı. Mikail parmağıyla televizyonu gösterip: "Bak hayatta neler var görüyor musun, haline şükret," dedi. "Takmışsın kafayı psikoloji, misikoloji. Bunlar ancak senin gibi bol zamanı olan burjuvaların, aylakların uğraşı; kimsenin analiz düşünecek durumu yok. Hem bu analiz gâvur icadı, Musevi-Hıristiyan kültürüne özgü bir şey. Bizde günah çıkarmak yok ki, neyin nesi bu anadilin olmayan bir dilde tanımadığın bir adama içini dökmek? Üstelik ben psikiyatriye külliyen karşıyım biliyorsun."

Birden kendimden, aylaklığımdan utandım. Doğrusu son günlerde okumakta olduğum Denis de Rougemont'un ***Le journal d'un intellectuel en chômage***[14] adlı kitabı da sapına kadar tembelliğe battığımın kanıtıydı.

18

Eve gerekli olan öte-beri ve yiyecek alışverişi için haftada bir-iki kez süpermarkete gitmek içime sıkıntı veriyor. Bir türlü parçası olmayı beceremediğim tüketim toplumunu süpermarketlerde derinden hissediyorum sanıyorum. Reyonların arasında gidip gelirken başım dönüyor, içimi bir yabancılık duygusu kaplıyor. Buraya ayak bastığım andan itibaren tek arzum, alacağımı bir an önce alıp terk-i mekân eylemek.

Bu yüzyıla ayak uyduramadığımı en çok süpermarketlerde anlıyorum. Alışveriş yapan diğer kişilerle aynı mekânda bulunmama rağmen, sanki onlara dışarıdan bakıyormuşum duygusu içimi kaplıyor. Kelimenin tam manasıyla buralarda bir rahatsızlık, bir sıkıntı duyuyorum. Şehirle olan ilişkim biraz *flâneuse*[15]'vari bir ilişki zaten. Herkes bir yerlere yetişmek için koşuştururken, ben aylak aylak ortalarda dolaşıyorum. Saatlerce amaçsızca sokaklarda yürüyor, vitrinlere bakıyor, bazen bir kafeye çöreklenip etrafı seyrediyorum. Çoğu kere zaman tüneliyle yanlış bir yüzyıla fırlatıldığım hissini taşıyorum. Sanki yaşadığım çağ ruhumu öksüz bırakmış gibi bir duygu bu.

Zaten Mikail olmasa bu dünyada bir saniye yaşayabilmem mümkün değildi. Mikail, gerçek yaşamla aramda bir tül perde oluşturuyor, böylece etrafın kiri pası bana bulaşmıyor.

Parayla doğrudan bir ilişkim yok ve Mikail sayesinde hayal ürünü bir fildişi kulede yaşıyor gibiyim. Gitgide ona olan bağlılığım artıyor ve Mikail'i kaybetmekten korkar hale geliyorum. Bütün aksiliğim ve huysuzluğuma rağmen onunla mükemmel bir ruh birlikteliği içerisinde olduğumuzu düşünüyorum. Ah biz iki küçük göçmen ruh!

19

Paris'te en sevdiğim kitapçı Tschann. Hatta kıyısından köşesinden bu kitapçıya daha da yakınlaşabilmek için her sene buraya bir özgeçmiş bırakıyorum. Tschann'ı öylesine benimsemişim ki tam karşısında başka bir kitapçı olduğundan haberim yoktu, ta ki geçen gün burada bir kitap tanıtımına katılana kadar (Enis Batur'un *Acı Bilgi*'sinin Fransızca baskısı).

Her kitapçının kendisine has bir kokusu var. Kitaplarımı okurken, kokularından hangisini nereden aldığımı ayırt edebiliyorum. Örneğin La Hune'ün kitaplarının çok belirgin, ağır bir kokusu var ve tadı da ekşimtrak, Tschann'ınkiler oldukça hafif ve biraz tatlımsı. Art et Littérature isimli bu yeni kitapçının kokusunun ayırdına ise henüz varamadım.

Buradan Pontalis'in son kitabını aldım. *En marge des jours*, isimli parça halindeki metinlerden oluşan kitabın sonunda Pontalis, Bach'ın partitalarını koyup dinlemeye başladığında "huzura yakın bir dinginlik" hissettiğini yazmış. Benim içinse uzun bir süre boyunca sonata ve partitalar; fırtınalı, karanlık, oldukça melankolik bir ruh halinin sözcüsüydü. "Bakalım şimdi neler hissedeceğim," dedim ve dinlemeye başladım. Sanırım artık bu müzik bana aydınlık yüzünü göstermeye başladı. Buna "ruhun derinliklerine dokunan tanrısal bir el" diyebilirim pekâlâ. Belki de Pontalis haklı, bu "huzura yakın bir dinginlik."

20

Üzerimde hastalığın verdiği hafif bir kendinden geçmişlik ve bitkinlik var. Birkaç gün önce müthiş bir boğaz ağrısı, nezle, az bir ateşle kendini gösteren bir soğuk algınlığına yakalandım. Bir tür virüsmüş bu, etrafımdaki herkes; evdeki yardımcı ve ailesi, dişçi arkadaşım, hatta aşağıdaki eczacı bile hasta.

Sonunda bahar davul zurna çalarak geldiğini haber veriyor. Penceremden baktığımda açan tomurcukları ve yeşeren ağaçları görüyorum. Ara ara da sıcacık bir güneş ışığı içeri vuruyor. İnsanlar teraslarda boy göstermeye başladı. Havanın hâlâ serin olmasına karşılık, herkes biraz daha neşeli sanki... Asık kış suratlarını çıkarıp yerine, sevimli ve güler yüzlü bahar suratlarını giyiyorlar. Sokaklar daha coşkulu, daha renkli.

Ama ben hasta olduğum için bu şenlikten mahrum kalıyorum. Kedimle evde oturuyor ve baharın gelişini kutlayanları pencereden seyretmekle yetiniyoruz. Zaten sonunda öylesine "iki kedi" gibi yaşamaya başladık ki evde, ne zaman dışarı çıkmam gerekse pencereye çıkıp "gitme, beni yalnız bırakma" dercesine acı acı miyavlıyor yavrucak.

Kedilere benzerliğim öylesine arttı ki, sonunda ben de günün çoğunu uyuyarak geçirir oldum. En aşağı on iki saat uyumam gerekiyor ki zinde kalkabileyim. İşin en matrağı, artık uyku pozisyonu alırken tıpkı bir kedi gibi, ellerimi çenemin altına kıvırıp koymam.

Bu gidişle, Kafka'nın bir gün uyandığında kendini bir böcek olarak bulan Gregor Samsa'sı ya da Marie Darrieusseq'in yavaş yavaş domuza dönüşen kadın kahramanı gibi ben de bir gün bir de bakacağım ki kedi oluvermişim! Fena da olmaz hani, kedilerin yaşantısına hep biraz hayranlıkla ve gıpta ederek bakmışımdır. Ama bir küçük sorun var: O zaman kalem tutamam ki!

21

Uzunca bir süredir yazmadan yaşıyorum. Demek ki yazmak benim için bir zorunluluk değil, acı bir keşif!

Kim bilir, belki de yalnızca kâğıt-kalem züppesiyimdir; çünkü yazmak benim için herşeyden önce bir ayin. Önce kırtasiyecileri dolaşıp boy boy, renk renk, biçim biçim, değişik kâğıt cinslerinden oluşan defterler toplarım. Arkasından dolmakalem ve mürekkep gelir. Çeşitli uçları olan dolmakalemlerim var; bunların arasında en sevdiğim, kesik uçlu kaligrafi kalemi. Birkaç tane divitim, tüyüm de var ama pratik olmadıklarından genellikle bunları kullanmıyorum. Siyah mürekkebi tercih etmeme karşın, değişik ruh hallerine göre, eğlencelik olarak rengârenk mürekkepler –fuşya, yeşil, mor, simli gök mavisi- de bulunduruyorum. Kokulu mürekkebi de yine fanteziye kaçtığı için pek fazla kullanmıyorum.

Ayrıca hokka, kâğıt kurutucusu, üzerinde adımın baş harfi kazılı olan mühür ve balmumu gibi bin bir çeşit ıvır zıvıra da sahibim.

Defterlerimin kendimce daha az güzel olanlarını günlük yazmaya ayırırken, orta halli olanları daha ciddi yazı denemelerine ayırıyorum. En güzelleri ise kelli felli romanlara ayrıldığı için onlara dokunmak nasip olmuyor. Sadece tozlarını alıp, bakir beyaz sayfaları şöyle bir karıştırıp kokluyor, sonra yine kütüphanedeki yerlerine yerleştiriyorum.

Bir başka merakım da el yazısı. Duvarlarım sevdiğim yazarların elyazmalarının fotokopileri ile kaplı.

Bu kâğıt kalem züppeliğini tatmin etmek için Paris'te seçilmiş özel kırtasiyecilerim de var pek tabii. En başta Vavin Sokağı'ndaki Marie-Papier geliyor. Sonra aynı sokaktaki Art et Papier ve Pont-Louis Philippe Sokağı'ndaki kırtasiyeciler.

Bilgisayar benim dünyamda lânetlenmiştir. Yalnızca gazete, dergi makalelerini, çevirileri, üniversite tezlerini doğrudan bilgisayara yazarım; kendi özel yazılarımı ise asla. Aksi, benim için yazının ruhunun uçması anlamına geliyor.

22

Kafeler bana hep ikinci bir ev gibi görünmüştür. Kafelerdeki karnaval havası yaratan insan kalabalığı arasında çalışmak, çoğu zaman bana evdeki yalıtılmış çalışma ortamından daha rahat, daha cana yakın gelir. Burası öyle bir yerdir ki hem etrafınız insanlarla çevrilidir, hem de yalnızlığınızı korursunuz. Arzunuza göre bazen komşu masalarla bir çift laf edebilir, bazen yalnızlığa gömülebilirsiniz. Sıkıldığınızda, ya da çalışmaktan yorulduğunuzda oturup etrafı seyredebilir veya yan masalardaki sohbetlere kulak kabartırsınız.

Semtin kıyıda köşede kalmış kafelerine uğramak ise bende, İstanbul'dan kalma eski bir alışkanlık. Bu kafelerin barları müdavimlerle çevrilidir ve etrafta bir aile havası sezilir. Sıkı alkolikler, kazı kazan meraklıları, hoş sohbet arayanlar, işten çıkınca bir tek atıp rahatlamak isteyenler, soluğu bu barların etrafında alırlar. Barmen de ister istemez bu topluluğa dahil olmuştur. Çoğu zaman havadan sudan bir sohbet geliştirirler aralarında.

Zaman zaman bir kafenin kapısından bakar ve böyle bir ortam sezinlediğimde, kısa bir süre için bu tanımadığım insanların dünyasını paylaşmak üzere yanlarına giderim. Hatta bir keresinde Franprix'den alışveriş yaptıktan sonra, bazen uğradığım bir kafenin sahibiyle ahbaplığı öylesine ilerlettim ki, hoşuma gitti diye bana iki şampanya kadehi hediye etti sonunda.

Sapına kadar bireyciliğe gömülmüş Batı toplumunda, ara sıra kafelerde insan sıcaklığına rastlamak bana çok hoş geliyor. Bu yüzden kafeleri seviyorum. Havalar ısınsa ve kâğıdımı kalemimi alıp yine bir kafenin terasına kurulsam keşke!

23

Mikail'le gitgide yapışık ikizler gibi olmaya başladık. Hemen hiç ayrılmıyoruz. Neredeyse her şeyi beraber yapıyoruz. Bütün gün aynı odanın içinde, o bir koltukta, ben bir koltukta okuyup duruyoruz. Sonra yapmamız gereken işlerden söz ediyoruz, ama çoğu zaman ne onun ne de benim kalkıp bir işe elimizi atacak halimiz oluyor. Biraz enerjimiz olunca Paris sokaklarında serseri serseri dolaşıyoruz. Mikail bir kafede on-on beş dakikadan fazla duramadığı için, beş-altı kafe dolaştıktan sonra, orada bir kadeh, burada bir kadeh derken epeyce içmiş oluyoruz. İçince neşelenen tanıdığım ender insanlardan biri Mikail. Birkaç kadehten sonra bir yandan hoplayıp zıplayarak, bir yandan da "Babam bu yaşta sokaklarda kurbağa gibi zıplaya zıplaya yürüdüğümü görse ne yapardı acaba?" diyerek, keyiflenip anılarını anlatmaya başlıyor.

İşte Mikail'in hikâyelerinden biri: Yirmi iki-yirmi üç yaşlarında bir ara kendisini kötü hissedip babasına, "Beni bir psikiyatra götür," diyor. Psikiyatrın karşısında Nietzsche'nin *Zerdüşt*'ünden ezbere parçalar okuyor. Doktor "Tamam siz hastasınız evladım," deyip ilaç yazınca seviniyor bizimki. Ama çok geçmeden ilaçların kendisine yaramadığına karar verip, bir gün takside giderken hepsini camdan atıveriyor, o başka mesele. "O zamanlar rüyada yaşıyormuş gibiydim," diyor Mikail. Şimdiyse "rüya" şiirler yazıyor.

Bana anlattıkları arasında en dokunaklı gelen anısı, burslu olarak geldiği Paris'teki ilk yıllarına ait. "Uzunca bir süre burada tek tutunduğum şey, her akşam yedide Café Palette'te olmaktı," demişti bir keresinde ve bu söylediği yüreğimin derinlerine işlemişti.

Louis'le olan anısı ise daha eğlenceli: Bir gün Montparnasse Mezarlığı'nın yanındaki sokaklardan birinde şiirlerini yere sermiş otururken, yoldan geçen Louis Malle yazdıklarını beğeniyor ve onu Raspail-Vert'e davet ediyor, birlikte konyak içerek kafaları çekiyorlar.

Mikail'in insanda hayranlık uyandıran sonsuz bir azmi var. Farkında olmadan insanı "aura"sının içine alıveriyor.

24

Psikanaliz merakım bugün az kalsın bir aile faciasına neden oluyordu. Mikail tam vergi hesaplarının içine gömülmüşken başını kaldırıp:

"Telefon faturalarının içinden çıkamıyorum, lütfen şunun hesabını sen yapar mısın?" dedi. Ben de:

"Şimdi dışarı çıkmam gerekiyor, dönünce yaparım," diye cevap verdim. Bunun üzerine Mikail:

"Nereye gidiyorsun?" deyince apışıp kaldım. "Psikanalistimle randevum var," desem başıma gelecekleri biliyordum. Mikail, transferi hastayla analistin sevgili ilişkisine girmesi olarak yorumladığı için analize tamamen karşı. Cevap vermem gecikince,

"Sen bir şeyler karıştırıyorsun galiba," dedi. O an cesaretimi toplayıp gerçeği söylemeye karar verdim, daha ne kadar "alışverişe gidiyorum, bir arkadaşımla buluşacağım" gibi yalanlarla bu işi götürebilirdim. Hem yalan söyledikçe suçluluk duyuyor ve onu gerçekten aldatıyormuş hissine kapılıyordum.

"Analize gidiyorum," dedim.

"Nee! Hani artık gitmiyordun, kim, kaç zamandır gidiyorsun, yoksa o âşık olduğun adam mı?" diye gürledi.

"Üç yıldır gidiyorum, adını söylesem tanıyacak mısın?"

"Hımm, demek aynı adam. Transfer hikâyeleri... Adamla yatıp kalkıyorsun tabii. Bitti, aramızdaki her şey bitti."

"Mikail saçmalama, adamla cinsel ilişkim yok. Zaten bu tür bir ilişki psikanalizin etiğine aykırı."

"Haydi canım sen de, bana masal mı anlatıyorsun? Bu işleri bilirim ben."

"Nereden bileceksin, hayatında analize mi gittin sen?

Hem analiz görmeye başladığımdan beri seninle ilişkimiz çok daha iyi, bunu nasıl açıklıyorsun?"

"Tabii, aşkını adamla yaşıyorsun da ondan."

"Bak lütfen artık abartmayı bırak, olur mu? Ben çıkıyorum, bir saat sonra dönerim."

"Git, nereye istersen git, geldiğinde beni bulamayacaksın! Çıkart bütün günlüklerini, okumak istiyorum!"

Kapıdan çıkarken sanki suç işliyormuş gibi bir duyguya kapılmıştım. Uzunca bir süre kendimi analistime âşık zannettiğim doğruydu. Mikail bunu, günlüklerimi çalıp okuyarak öğrenmişti.

Kafam karmakarışıktı, bir yanım Mikail'e hak veriyordu, çünkü aldatmak için ille de eyleme geçmek gerekmezdi. Biriyle birlikteyken zaman zaman başkasını düşünmek de düpedüz sadakatsizliğe girmiyor muydu?

Bu düşüncemi analistime söylediğimde çok güldü: "O zaman dünyadaki çiftlerin hemen hepsi birbirlerini aldatıyorlar," dedi.

Bu sözler içimi rahatlatmaya yetmemişti. Ben yine de bu düşüncenin komik olduğunu bile bile kendimi "iki kocalı" gibi hissediyordum.

25

Parçalar halinde yazmak; bütünlüğü, armoniyi, sentezi reddetmek. Bir devamlılık sağlayamamak. Yalnızca başlangıçlar yapmak, sürekli yeniden başlamak. Birkaç cümle, ara, sonra yine bir paragraf, yine ara. Tıpkı kısa analiz seansları gibi...

26

Bugünlerde sulu gözlülüğüm üstümde. Dokunsalar ağlıyorum. Mikail İstanbul'a gidecek. Paris'lerde bir başıma, yapayalnız kalacağım diye ya da güzel, güneşli bir günde beni yanına almadan dolaşmaya çıktı diye, yahut yazdıklarımı çok kişisel buldu diye gözümden ip gibi yaşlar inmeye başlıyor. Hele hele geçen gün Mikail, "Dikkat et, Türkçe'n bozulmaya başlamış," dediğinde perişan olmuştum. Öyle ya elimdeki tek koz olan dili iyi kullanmayı da kaybedersem geriye başka ne kalır!

Bütün bunları düşünüp kendime dert ederek; sessiz, ama bol yaşlı, uzun ağlama seansları yapıyorum. Buna bir çeşit "gözyaşı kürü" de diyebilirim.

27

Bu sabah yine "Ah geçirilmesi gereken yeni bir gün, ne yapsam da zaman öldürsem," diye sıkıntılı ve ağlamaya meyilli bir şekilde uyanmıştım. Ama beklenmedik bir şey oldu. Kahve suyunu koyup salona geldiğimde, koltuğun üzerinde Tomris Uyar'ın *Yazılı Günler* kitabını buldum ve içinden rasgele bir sayfa açtım. Karşıma 7 Mayıs 1986 tarihli ***Bir Yarım Gün Yaratmak*** adlı yazı çıktı. Başlık derhal ilgimi çekti. Benim gibi bütün gün evde bunaltılar içinde dolaşıp, umutsuzca yapacak bir iş arayan biri için, böyle bir yazı biçilmiş kaftandı. Birden kitap sanki oraya benim için özellikle bırakılmış gibi bir hisse kapıldım. Uyar, yazısında okurlarına tadına varılarak geçirilecek bir yarım gün için önerilerde bulunuyordu. Sabah yataktan suratı beş karış kalkmış biri için "şu yazarı okurken, şu müziği dinleyin, yanına da şu içkiyi koyun," gibi tavsiyeler ilâç gibi geliyordu doğrusu. Tomris Uyar yazısına şöyle de bir not düşmüş: "Beni okuyacaksanız bir rom koyun lütfen (aslında rakıya da razıyım) bir de Billie Holliday (Hafız Burhan'a da razıyım). Sağolun!"

O an içim bir sıcaklıkla doldu, yazarın tasvir ettiği o içkili, müzikli okuma ortamında hayal ettim kendimi. Akşamüstü olsaydı bu önerileri seve seve yerine getirirdim ama sabah sabah midem içki kaldıramayacağı için üzülerek yazarın dileğini yerine getiremedim. Yine sabah vakti Billie Holliday'in melankolik ve buruk sesine kendimi kaptırmak istemediğimden bir yandan kahvemi yudumlayıp Uyar'ı okumaya devam ederken, televizyondaki klasik müzik kanalını açıp Herbert Von Karajan yönetiminde Beethoven'in senfonilerini dinlemeye koyuldum. Umarım yazar bu küçük değişiklerden dolayı alınmamıştır, elimden ancak bu kadarı geldi.

Az sonra Mikail, elinde gazetesi, sigarası ve ekmeği alışverişten döndü. Kitabı çoktan keşfettiğimi görerek hemen atıldı: "Aslında şu yazıyı okumanı istiyordum." Demek yanılmamıştım, güne güzel başlamayı koruyucu meleğim Mikail'e borçluydum. "Şu Mikail ne tatlı adam, bütün güzel kitapları toplayıp elimin altına koyuyor ve ben hiçbir gayret sarf etmeden keyifli okumalar yapabiliyorum," diye düşündüm.

Okumamı istediği metin, kurşunkalemin marifetlerine ilişkin bir denemeydi ve Uyar, genç yazarlara şiddetle kurşunkalemle yazmalarını tavsiye ediyordu.

Hele hele Hemingway'le Fitzgerald'ın, Balzac'ın romanlarında tasvir ettiği bir katedralin gerçekte olup olmadığına dair bahse girmeleri ve arabaya atladıkları gibi romanda katedralin sözünün edildiği şehre gitmelerini anlatan yazı bir harikaydı. Kendimi kitaba öylesine kaptırmıştım ki, hem iyi yazamıyorum diye dövünmek, hem de Mikail bu güzel bahar gününde beni evde yalnız başıma bırakıp çıktı diye ona kızmak, tamamen aklımdan uçup gitmişti.

28

Geçenlerde, hiç yazmamış bir yazarın izini sürmeye giden bir kadın üzerine bir film girdi gösterime: *Le stade de Wimbledon*[16]. Filmi görmeye gidemedim henüz, ama konusu beni ilgilendiriyor.

Bu film şöyle böyle tanıdığım İrlandalı bir kadını düşündürdü bana. Yıllardır Paris'te yaşıyor. İki yıl önce işini gücünü bıraktı, işsizlik maaşına talim ederek, yazmak üzere bir hizmetçi odasına kapandı. Duyduğuma göre bir roman projesi üzerinde çalışıyormuş, ama yazdıklarını şimdiye kadar gören yok. Geçtiğimiz yıllarda çalıştığım sinemaya uğramıştı ve bize bileğini uzatarak: "Yeni bir parfüm aldım kokusunu nasıl buluyorsunuz?" diye sormuştu. Bileğinde berbat bir ter kokusu vardı. O andan itibaren bu garip kadınla ilgili çok hüzünlü bir öykü oluştu kafamda.

Yazmayı çok istedikleri halde hiç yazamayanlar, yazıp yazıp da bir köşeye atanlar, yazıya başlayıp da sonunu getiremeyenler, sanrılarla dolu sayfalar karalayanlar...

Hiç yazmamış bir yazar.

29

Ben giderek kedileşiyorum, kedimse insanlaşıyor. Hareketleri, hali, tavrı, duruşu, bakışı öylesine insana benzedi ki, neredeyse ağzı var dili yok.

Ne zaman bilgisayarın başına geçse kucağıma çıkıp oturuyor ve ön patilerini klavyenin üzerine koyuyor. Zaten kitap meraklısı bu kedi, nerede bir kitap görse hemen üzerine kuruluyor, hele hele bu benim okuduğum bir kitapsa!

Ya yatışı! Sırtüstü yatıp arka patilerini alabildiğine uzatırken, bir yandan da ön patileriyle ışıktan rahatsız olmamak için gözlerini örtüyor. Kucağımda patileriyle yüzümü okşayarak, kimi zamansa öperek -ama gerçekten öperek- tam bir bebek gibi yatıyor.

Bakışlarıysa başlı başına bir olay. Kızdığını, sevindiğini, üzüldüğünü, gözlerine bakarak, yüzünün aldığı ifadeden hemen anlıyorsunuz. Mikail'le kavga ettiğimizde, hemen aramıza giriyor ve "yeter artık, yaptığınızdan utanmıyor musunuz!" dercesine acı acı miyavlıyor. Bu arada Mikail hasbelkader beni kırmışsa, ona bir pençe atmayı da ihmal etmiyor.

Ailenin bir ferdi olarak her yaptığımıza katılmak istiyor. Kediliğinden dolayı katılamadığı bir olay olduğundaysa üzüntüsünden perişan oluyor. Kedilerin yalnızlığı seven, başına buyruk yaratıklar olduğunu unutmuş bir hali var. Hayatı tamamen bizimle paylaşmak istiyor. Doğrusu bazen, Zorro'ya kedi olduğunu hatırlatmak hiç de kolay olmuyor.

30

"Sen benim ruhumsun, varlığımsın. Sen olmadığın zaman bir parçamı eksik hissediyorum. Hakikisin ve inanılmazsın, yani bu dünyada olamayacak kadar duyarlısın demek istiyorum. Böylesine anlaştığım, zevklerimin uyuştuğu birisi daha çıkmadı karşıma. Kültürün, zekân, olağanüstü duyarlığın... Peri gibisin. Kelebeğim benim. Can arkadaşım."

Bu sözleri Mikail'den başka biri söyleseydi çok beylik olurdu, ama o bunları öylesine içten söyleyerek beni kendi şiirinin içine alıyordu ki, konuşmaya devam ettikçe ve sevgi sözcüklerini birbiri ardına sıraladıkça gözlerimden sicim gibi yaşlar akıyordu. Onunla beraber olduğumda, çoğu zaman gerçek dünyada değil de rüyada yaşıyormuş hissine kapılıyorum. Sanki ikimiz bu dünyanın keşmekeşinden uzakta bir şiirin parçalarıyız.

Mikail'ciğim sonunda bu sabah gitti. Ev sessiz, bomboş kaldı. Şimdiden yataktan fırlayarak kalkmasını, oraya buraya telâşla koşuşturmasını, hatta sabah sabah televizyonun başına kurulmasını özledim. Biraz geç olmakla beraber, hayatta en çok sevdiğim insanın Mikail olduğunu ve onunla paylaştıklarımı bir daha kimseyle paylaşamayacağımı anladım.

31

Yine Mikail'siz bir gün. Yataktayım. Schubert ve Schumann'ın liyedlerini dinliyorum. Bu müzik insanın içine derinden işliyor, gözyaşlarımın akmasına engel olamıyorum. Kedim göğsümün üzerinde, Mikail'den boşalan yerde yatıyor. Kıskançlık nedeni ortadan kalktığı için pek memnun.

Saat uyumak için çok erken, ama içimden bir şey yapmak gelmiyor. Başucumda Proust'un gençlik romanı *Jean Santeuil* duruyor, onu da elimi atıp okuyacak halim yok.

Temiz hava beni çarpmış olacak. Bugün gidip biraz Luxembourg Parkı'nda oturdum. Herkesin üzerinde bahar tembelliği vardı. İnsanlar parkın dört bir köşesine yayılmış, güneşin altında sereserpe oturuyorlardı. Kimisinin elinde kitabı vardı, kimi çimenlerin üzerinde arkadaşıyla sohbet ediyordu, kimiyse çoluk çocuk bahar gezintisine çıkmıştı. Ah bir ıhlamur çiçekleri açsa! Bu parkın en sevdiğim tarafı, yaz başında ıhlamur kokusuyla beni sarhoş etmesi.

Mikail'in yokluğuna henüz alışamadım. Dün onun gömleğini giyip bir süre çalışma odasında dolaştım. Çok değil, birkaç gün önce St. Germain sokaklarında beraber yürüyorduk. "Seni şeytan, şampanya lâfını duyunca yine gözlerin parladı," diye takılıyordu bana. St. Sulpice Meydanı'nda Café de la Mairie'ye oturmuştuk. Bir süre "Bu meydanı çok seviyorum, gökyüzünün ışığı şu anda çok güzel," diyerek etrafı seyretmişti. Bense bir yandan o anı hissetmeye çalışırken, bir yandan da ertesi gün aynı saatlerde onun yanımda olmayacağını düşünerek içleniyordum.

Mikail, benim varlığıma nasıl inanamıyorsa, ben de

onun bana olan sınırsız sevgisine inanamıyorum. "Seni kazanmak için çok uğraştım," demişti geçenlerde. Bu kadar emeğe değiyor muyum bari? Aklım beş karış havada. Üstelik çok bencil ve narsisistim. Dünya benimle başlayıp, benimle bitiyor. Hep ben, ben, ben. İlgimi biraz dış dünyaya yöneltemez miyim?

İçimde öyle bir dinginlik var ki sanki üzerimden bir yük kalkmış gibi. Bunlar analizin azizlikleri mi acaba? Yaşamda kendimi yeterince ifade edememekten yana hâlâ dertliyim ama, bir taraftan da korkunç bir metamorfoz geçiriyorum. Şu son zamanlardaki sulugözlü halim bir kenara bırakılırsa; karamsar, sıkıntılı ve bunaltılı ruh halinden çıktığım söylenebilir. Ama özellikle tembelliğimden ötürü suçluluk duyguları bir türlü yakamı bırakmıyor.

Bütün bunları düşünmenin ne gereği vardı şimdi, uykumu kaçıracağım.

32

Mikail, "Sakın bu içtenliğini kaybetme," diyor. Onun içtenlik dediği şey, bana kalırsa naiflikten başka bir şey değil. Zaten hayatta başıma ne gelirse hep bu naiflikten geliyor. Çocuksu, saf ruhum dünya yüzünde olup bitenlere akıl erdiremiyor. Bunun başlıca nedeni daha önce de söylediğim gibi parayla doğrudan ilişkimin olmaması. İnsan bilinci ancak maddiyatı kavradıktan sonra saflıktan arınmaya başlıyor. Oysa Mikail'in kanatları altında gerçeklerle yüzleşmem gerekmiyor. Mikail, kedim, kitaplar, kâğıtlar, kalemler ve müzikle kurulu bir hayâl dünyasında yaşamımı sürdürüp gidiyorum.

33

İşte yine bir sabah. Uyanmak, yataktan kalkmak gerekiyor. Günü geçirmek için bir şeyler yapmak lâzım. Sokaktan hayatın başladığına dair sesler geliyor. Henüz saat yedi buçuk, kalkmak için çok erken. Bu saatte ne yapılır ki! En iyisi günü kısaltmak için biraz daha yatakta kalmak. Aslında yapmam gereken şeyler de var; dergi yazısının zamanı geldi, birkaç telefon etmem lâzım, çeviri yapmalıyım. Ama bunların hepsi gözümde büyüyor. Yorganı başıma kadar çekip, yine kendimi uykunun hafifliğine bırakıyorum.

Tembelliğin gözünü seveyim! Artık kış depresyonuna da sığınamam, dışarıda taze bir bahar havası var. Saat daha dokuz niye kalkayım? İçimde biraz suçluluk duygusu olsa da yine kıvrılıp kestiriyorum.

On buçuğa doğru telefon çalıyor. Çaresiz kalkıp telefona gidiyorum. Arayan Mikail. Dün gece nerelerde gezdiğini anlatıyor. İçkiyi yine fazla kaçırmış. Midesi ağrıyormuş. Sonra "Şimdi arkadaşlarım aşağıda bekliyor," deyip telefonu kapatıyor. Birden Mikail'in ben olmadan da hoşça vakit geçirdiği bir hayatı olduğunu anlayıp kıskançlığa kapılıyorum. Oysa ben, onsuz evde pinekleyip duruyorum.

Televizyonun klasik müzik kanalını açıp mutfağa kahve yapmaya gidiyorum. Benim de Mikail'siz bir hayatım olabilir pekâlâ, neden olmasın? Yapışık ikizler gibi her şeyi birlikte yapmak zorunda değiliz ki!

Evin en ışıklı köşesi olan Mikail'in çalışma odasına yerleşiyorum, elimde kahvem. Bir sigara yakıyorum, içeriden piyano sonatlarının sesi geliyor. Karşıki otelde birisi camdan bakıyor. Kafenin terasıysa tıklım tıklım dolu. Bir gün daha başladı, bakalım akşamı nasıl edeceğim!

34

"Bugün sensiz dördüncü gün. Yokluğuna alışmak imkânsız. Öksüz kalmış gibiyim. Evin içinde sudan çıkmış balık gibi dolaşıyorum. Sabah banyoda unuttuğun parfümünü buldum, alıp sürdüm. Böylece seni yanı başımda hissediyorum. Sonra kütüphaneyi karıştırırken bana hediye ettiğin defterler çıktı karşıma. Babanın defterleriydi bunlar. Bir tanesinin üzerinde 'ruhîyat' yazıyordu ve içinde eski yazıyla alınmış notlar vardı. Altına "22 Kasım 1933" tarihi düşülmüş. Birden babana ait olan bir şeyi bana vermenden çok duygulandım, yine gözlerim yaşlarla doldu. Kızma, ağlamıyorum.

Sen dönene kadar vakit geçirmek için yöntemler arıyorum, bir tane buldum da. Elime Proust'u aldım, bu gülle gibi kitabı okuyana kadar sen gelirsin. Şu anda gençlik romanı *Jean Santeuil*'den ***Aşka Dair*** bölümünü okuyorum: "Aşk, aslında diğerlerine açılma, yeniden yalnızlığa gömülme ve doğanın güzelliğiyle şiire benzer."

Bunun dışında çok bunalınca biraz dışarı çıkıp dolaşıyorum. Bazen bir-iki arkadaşımı görüyorum. Bu akşamüstü gökyüzünün ışığı öylesine güzeldi ki, burada olup bir kafenin terasında bunu benimle beraber seyretmeni isterdim.

Sensiz zaman geçmiyor. Bu faksımı alınca, akşam saat on civarı beni ara olur mu? Ne olur, çabuk dön canım, sevgiyle."

Mikail'e her gün böyle bir iki satır yazıp fakslamaya karar verdim. Böylece yokluğunu daha az hissedeceğim. Her gün en az bir kere telefonla konuşuyoruz ama, insan yazarak daha çok şey ifade edebiliyor. Ona olan aşırı bağlılığım beni meraklandırıyor. Artık kendine vakit ayırmaz oldum. Varsa yoksa Mikail. Bu durum daha ne kadar böyle devam edebilir ki! Hiç normal değil. Gözlerimi açıp, onun dışında da bir hayat olduğunu fark etmeliyim. Ama bu şu anda imkânsız görünüyor. Belki de bunca yıllık beraberliğimize karşılık, Mikail'in benim için ne anlam ifade ettiğini yeni anladığımdan böyle saçmalıyorumdur.

35

Bugün çok fazla çalıştım, hasta olur muyum acaba? Mikail, burada olmadığı için telefon edip bir davete katılamayacağımızı bildirdim, fotokopi çektirdim ve diapozitif almak üzere Beaubourg'a gittim. Daha postaneye de uğramam gerekiyor ama bu günlük bu kadar yeter, artık postane faslı da yarına.

İnsanüstü bir güçle Seine Nehri'nin sağ yakasına geçmeyi hazır başarmışken biraz dolaşayım dedim. Beaubourg'un etrafı her zamanki gibi ana-baba günüydü. Müzeye girmek için kuyrukta bekleyenler, sokak ressamları ve müzisyenleri, turistler, yerlere çömelmiş gençler...

St. Martin Sokağı'ndaki kırtasiyeci Ecritoire'a gidip baktım. Boy boy, çeşit çeşit defterleri görünce aklım gitti. Hele hele küçücük defterler vardı ki bunlar başka türlü hoşuma gitti. Deftere ihtiyacım olmadığını defalarca tekrar ederek, bir şey almamak için zor frenledim kendimi.

Şimdi, kiliseyle müzenin arasındaki meydanda, Niki de Saint-Phalle ve Tinguely'nin heykelleriyle süslü havuzun kenarında oturuyorum. Benim gibi güneşi gören herkes burada almış soluğu. Ortalık çocuktan geçilmiyor. Ağlamalar ve bağrışmalara bir gitar sesi karışıyor. Supermen kılığına girmiş bir genç çocuk, müzik çalan arkadaşlarının arkasında meydanda dolaşıyor. Diğer yanda gazetelerini okuyan yaşlılar, kumrular gibi öpüşüp koklaşan sevgililer, haritalarını açmış bakan turistler, bir kenara çömelip kitabını okuyan gençler. Tam bir karnaval yerini andırıyor burası.

Güneş kemiklerimi iyice ısıttı, kendimden geçtim ve yalnızca etrafta birbirine karışan sesleri duyuyorum o kadar.

36

Pencerenin kenarında oturuyorum. Bulvara ardı arkasına dizilmiş ağaçlar tam bir ormanı andırıyor. Havalar yine soğudu, sokaklar ıssız. Mikail gideli tam bir hafta bir gün oldu. Dün çalışma masamın başındayken gözüme, üzerinde sihirli lambadan çıkan bir cini olan kurşunkalem iliști. Mikail'in hediyesiydi bu bana. "Benim cinim de Mikail," diye düşündüm. Alaaddin'in sihirli lambasından çıkıp da, isteklerimi bir bir yerine getirmeye çalışan bir cin.

Çocuksu bir tarafı var Mikail'in. Oyuncakçı dükkanlarına bayılıyor. Bu merakı yüzünden evin içi oyuncaktan geçilmiyor; kurulan hayvanlar, kuklalar, küçük bebekler, balonlar, kılık değiştirmek için giysiler, peruklar, hokkabazlığa ilişkin ıvır zıvır ve daha neler neler...

St. Germain'de sürekli alışveriş ettiği bir seyyar oyuncakçısı var. Bir kafeye girip de onu görünce gözleri parlıyor. Hemen çantasını açtırıp, bir yandan içindekileri karıştırırken bir yandan da pazarlık etmeye başlıyor oyuncakçıyla.

Mikail bu coşkusuyla bana yaşama sevinci veriyor. Onunla sıkılmak imkânsız. Bir tek televizyonun başına oturup zap yapmasına -özellikle Fashion TV'sine ve maçlarına- dayanamıyorum. Bu kadar ince ruhlu bir insanın futbol gibi kaba bir sporda ve anlamsızca yürüyüp duran mankenlerde ne bulduğunu anlamakta zorlanıyorum.

37

Mikail'in yokluğundan istifade ederek televizyonda klasik müzik kanalını açtım. Uyku saatine daha çok var ama nasıl olsa bu aralar erkenden yatıyorum. Ne kadar uyursam gün o kadar kısalıyor. Aslında hiç uyanmak istemiyorum desem yeridir. Her sabah "yine yeni bir gün başladı, yataktan kalkmak gerekiyor" diye sıkıntıyla uyanıyorum.

Yine böyle sıkıntılı sabahlardan birinde kütüphaneden Pınar Kür'ün *Akışı Olmayan Sular* kitabını çıkarıp okumaya başlamıştım. İçinde deliliğe ilişkin iki hikâye vardı; biri *Leylâ'ya Şiir*, ikincisi *Bitmiş Zamana Dair*. Doğrusu ikinci öyküdeki gibi odasından yalnızca Chopin'in noktürnlerini çalmak için çıkan romantik bir sinir hastası olmak isteyebilirdim.

Düşünüyorum da bence delilik bir nevî hayattan istifa etmek, "ben artık bu oyunu oynamak istemiyorum," demek. Delilik bana hep dokunaklı ve içli gelmiştir.

Yıllar önce İstanbul'da üniversitede okurken bir Fransızca hocam vardı; Hür Yumer. Derslere pek girmediğim için bu hocayı en fazla bir-iki kere görmüştüm. Ama bazı insanlar vardır, yüzü birden belleğinize kazınır, nedenini çözemediğiniz bir iz bırakırlar içinizde. Bu hocanın yüzü de alnındaki beni, yuvarlak gözleriyle beynimin bir kenarına not edilmişti. Üniversiteyi bitirdikten sonra bir gün gazetede ölüm ilânını okudum. Pınar Kür'ün Yumer'i tanıdığını biliyordum. Fazla bir yakınlığımız olmamasına rağmen telefon numarasını çevirdim. Hocamın intihar ettiğini öğrendim. Pek hatırlamıyorum ama galiba "Neden?" gibi bir şey sordum. Kür, bana yanıt olarak "Yalnızdı, yalnız olmasaydı böyle olmazdı," dedi.

Sonra bir gün bir kitapçıda hocanın hikâye kitabını

buldum. Bu gece kitabı karıştırırken içim burkuldu. İçinde öyle çok "mezarlık ve ölüm" kelimeleri geçiyordu ki, genç yaşta yaşamını noktalamasına hiç şaşmadım. André Gide, günlüklerinde "insanların çok azı gerçekten hayatı sever," diyor. Kimbilir belki de doğrudur.

38

Günlerimi geçirmeye çalışıyorum. Dün sonunda "hiç yazmamış bir yazarın" hayatıyla ilgili olan *Le stade de Wimbledon* adlı filme gittim. Bir şeye benzetemedim açıkçası. Film boyunca genç bir kadın, anlamsızca yazar olamayan bu adamı tanıyanlarla konuşup durdu. Ortaya öyle heyecanlı bir insan portresi de çıkmadı. Sonuçta bu film evden çıkıp biraz hava almama yaradı.

Raymond Losserand Sokağı'nda, şipşirin, küçük bir mahalle kafesi buldum. Televizyonda maç vardı. İçeride bir babayla mongoloid kızı, bir Fransızla zenci sevgilisi, sanırım bir Slav dili konuşarak bira içen adamlar, barda koyu bir sohbete dalmış müdavimler vardı. Bu haliyle burjuvalıktan hayli uzak bir kasaba kafesi havası görünümündeydi burası.

Bugün pazar, herkesin haftanın yorgunluğunu üzerinden attığı gün. Gerçi benim için bir şey fark etmiyor ama, bugün Mikail'in yokluğunda kendimi birden her zamankinden yalnız, terk edilmiş hissettim bir an. Bu belki de biraz Tezer Özlü'nün günlüğü *Kalanlar*'ı okumaktan kaynaklanıyordur. Beckett'ten bir alıntı yapmış Özlü günlüğüne: "Sen kendi sesinle yapayalnız kalacaksın. Dünyada kendi sesinden başka ses olmayacak."

Bu sözler beni öylesine etkilemiş olmalı ki sonunda soluğu sigara almak bahanesiyle Montparnasse Garı'nda aldım. Pazar günü bulunabilecek en kalabalık yerdi burası. Garın barına oturup bir kadeh şarap söyleyerek etrafı seyre koyuldum. Trenlerine yetişmek için koşuşturan ya da geleceği yere varıp da bavullarını bitkinlikle çekiştiren insanlarla doluydu etraf. Kalkan ilk trene binip bilmediğim bir yere gitme isteği uyandı içimde bir an. Ama bende asla o cesaret yoktu, biliyordum. Belki barda içkilerini yudumlayan diğer insanlarla bir sohbet açılır diye bekledim bir süre. Sonra baktım bir şey olacağı yok, hayat normal akışıyla burada da devam ediyor, şarabımı bitirip kös kös eve yollandım. Anlaşılan o ki pazar pazar, durduk yerde bir macera arayışındaydım.

Eve geldiğimde Mikail'ciğimden bir faks buldum. Bana bir Türk hikâyecisiyle yapılan bir röportajı fakslamış. Yazar diyor ki: "Edebiyatta önemli olan samimilik değil, inandırıcılıktır." Sanırım benim bütün hatam içtenliğe takılıp kalmakta.

Ah biricik Mikail'ciğim, onun bana karşı bu sonsuz sevgisi olmasaydı ne yapardım bu dünya yüzünde? Yaşayamazdım herhalde. Bir gün bir arkadaşımın dediği gibi bazı insanlar yaşamak için programlanmıyorlar galiba. Ben de hayatın her adımında tökezleyen bir sakarım. Dış dünyayla olan ilişkilerimi asgari düzeye indirmiş olmasam, zaten hayatta tutunmam mümkün değildi. Yaşamın baş kuralı, sevmeyi her ne şartta olursa olsun sürdürmek, hayat sizi bıraksa bile. Neler oluyor bana, moralimi düzeltmek için biraz Memduh Şevket Esendal mı okusam acaba?

39

"*Où êtes-vous Polly Magoo*[17]*?* Alo! Alo neredesin? Polly Magoo'm benim," diye mesaj bırakmış dün gece Mikail telesekretere. Tatlılığıyla öldürecek beni! *Qui êtes-vous Polly Magoo*[18]*?*, William Klein'ın bir filmiymiş. Mutlaka bu filmi bulup seyretmeliyim.

Ben de tavuklar gibi güneş batar batmaz uyuyorum artık. Dün akşam yattığımda saat ancak dokuz olmuştu. Kedim göğsümün üzerine yatıp mırmır yapmaya başlayınca, kendimi uykunun hafifliğine bırakıverdim. İç sıkıntısından uyuyarak kurtulabileceğimi zannediyorum galiba. Çoğu zaman arkadaşlarımı görmek de sıkıntımı hafifletmiyor. Onlar da benim gibi hayal dünyasında yaşayan insanlar. Birlikte olduğumuzda çoğu zaman analiz seanslarından bahsediyoruz. Yıllardır görmekte olduğumuz analizin bir gün mutlaka bir işe yarayıp, bize hayatta yapmak istediklerimizi gerçekleştirmeyi sağlayacağı konusunda hemfikiriz. Durumumuz hiç de iç açıcı görünmüyor.

40

Mikail gideli yarın tam iki hafta olacak. Hayatta her şeye alışılıyor. İlk zamanlar, o olmadan yapamayacağım sanıyordum, ama pekâlâ günlük yaşamın rutinine kapılıverdim. Sabah Mikail'le telefonlaşıyoruz, kendime geldikten sonra tezimi yazmak üzere çalışma odama çekiliyorum, akşamüstü beş-altı gibi çalışmayı bırakıyorum ve biraz dolaşmaya çıkıyorum. Gününe göre hava iyiyse bir terasa oturuyor, kötüyse mahalle kafelerinden birinin kuytu bir köşesine kurulup Mikail'e mektup ya da günlük yazıyorum; ardından eve dönüp yemek yiyor, biraz televizyon seyredip, biraz kitap okuduktan sonra kedimle öpüşüp koklaşarak yatıyorum. Bundan başka haftada bir psikanaliz seansına gidiyor, bazen de bir arkadaşımla buluşuyorum.

Hiçbir ilginçliği olmayan bir hayat. Ama dediğim gibi insan hayatta her şeye alışmayı, her duruma uyum sağlamayı gayet iyi beceriyor. Ne var ki yıllardır içimde büyüttüğüm yalnızlık artık ağır gelmeye başladı bana. Hayatımdaki en önemli unsur Mikail, her şey onun etrafında dönüyor. O olmadığı zaman öksüz çocuklara dönüyorum.

İnsanlarla olan ilişkilerimi kuvvetlendirmek için birçok defa garsonluk yapmayı denedim. Ama bu konuda o kadar yeteneksizim ki, müşterilere servis yapacağım yerde çoğu zaman elim ayağım birbirine dolaşmış bir biçimde şaşkın şaşkın etrafıma bakındığım için çok geçmeden bana kapının yolunu gösteriyorlar. Buna rağmen nasıl olduysa Gaité Sokağı'nda, Beckett'in eskiden sık sık bilardo oynamaya gittiği Les Mousquetaires kafesinde bir hafta çalışmayı becermiştim.

Düşünüyorum da yıllardır Paris'te bir hayat kurmaya

çalışmaktan yoruldum. Doğru dürüst oturma iznim olmadığı için öğrenci konumuyla, ufak tefek işlerde ya da illegal çalışmaktan bunaldım. Bu yüzden artık çalışmıyorum zaten. Belki de bu gönüllü sürgün hayatına bir son vermenin zamanı gelmiştir, kim bilir.

Mikail diyor ki: "Hâlâ hayatta olman bir mucize! Senin gibi birinin dünya yüzünde olması imkânsız." Çok şeker bu sözleri şeker olmasına da, buradan benim bu dünyaya uygun olmadığım gibi bir sonuç çıkıyor ki ayıkla pirincin taşını!

Garip hallerim daha çocukluğumdan belliydi zaten. On üç yaşımda babaannemin bahçesindeki dut ağacının tepesine çıkıp Camus'nün *Yabancı*'sını okurdum. On altımda Sartre'ın *Bulantı*'sını okuyup bayılmıştım. Sanıyorum oralarda bir yerde de kaldım. Yirmili yaşların başında Rousseau'nun *Yalnız Gezen Adamın Hayalleri*'ne gönülden bağlandım. O gün bugündür de "yalnız gezen kadının hayalleri"ni yaşıyorum zaten.

41

Dışarıda berbat, kapkaranlık bir hava var. Tam biraz güneş yüzü görüyorum diye seviniyordum ki, yine yağmur, yine çamur. Zaten canım sıkılıyor, bir de havanın durumu ruh halime iyice tuz biber ekiyor. Mikail diyor ki "Canın sıkılınca fazla değil, bir iki kadeh iç, iyi gelir." Uzaktan böyle akıl vermek kolay. Hem Mikail gideli bugün tam üç hafta bir gün oldu. Artık yeter, dönsün istiyorum. Ama o tutturmuş "iki hafta daha kalacağım" diye. Bu kadar dayanabilmek için kendime bin bir türlü oyun icat etmem gerekecek.

Geçenlerde oturmuş Ziya Osman Saba'nın *Mesut İnsanlar Fotoğrafhanesi*'ni okuyordum. Dükkânı yalnızca mutlu insanların resimleriyle dolu olan fotoğrafçı, kahramanın istediği gibi mesut ifadeli bir vesikalığını çekemeyeceğini anlayınca, "Beyim, beni mazur görün, sizin fotoğrafınızı çekemeyeceğim," diyor. Hikâyenin bu son cümlesi öyle dokunuyor ki insana!

Sonra *Babamın Elbisesi* adında, kahramanın babasının elbisesini eskiciye satıp pişman olduğunu anlatan bir öyküsü daha var Saba'nın. Eskicide babasının elbisesini arayıp bulduğu sahne çok dokunaklı. Mikail bu öyküden yola çıkarak bir şiir yazmış. Ne güzel aynı şeylerin bize tesir etmesi! Bu demektir ki birbirimizi tanımadan, birbirimizden uzakta aynı ruh hali içinde bulunmuşuz, aynı şeyleri hissetmişiz. İşte Mikail'in sevdiğim taraflarından biri de bu; konuşmadan anlaşabilmemiz, bir nevî telepati halinde oluşumuz.

Ah, çok yorgunum. Bütün gün bilgisayarın başında oturmaktan sırtım ağrıyor. Mikail'in yokluğunda çareyi çalışmakta, zaman doldurmak için tez yazmakta buldum. Bu yaptığım iş beni mutlu etmiyor, ama elden ne gelir.

André Gide günlüklerinde demiş ki: "Ömrün dörtte üçü mutluluğa hazırlanmakla geçer; ama buna bakarak geri kalan dörtte birinin tadını çıkarmakla geçtiği sanılmamalı. Bu çeşit hazırlık alışkanlığı insanda o kadar çok yer etmiştir ki, kendi hazırlıklarını bitirince başkalarınınkine başlar; böylece o eşref saati ölümden sonrasına kadar geçiştirilmiş olur." Çok doğru.

42

Hayat sıkıcı da olsa devam ediyor. Son günlerde çok insan gördüm ve baktım ki kalabalıklar içinde olmak, yalnızlıktan çok daha bunaltıcı.

Geçenlerde mahalleden uzaklaşma cesaretini gösterip Barbès'e gittim. Burası bambaşka bir dünya. Göçmenlerin çoğunlukta olduğu Goutte d'Or çevreleri tamamen erkek egemenliği altında. Özellikle kafelerde kadınlara çok nadir raslanıyor.

Bu semtte oturan arkadaşım Nathalie'yle bir kuskus restoranına gidip yemek yedik. Mikail'le ilişkimizi nasıl böyle oturtabildiğimize dair sorguladı beni.

Nasıl olduğunu ben de bilmiyorum, ama artık birbirimiz için vazgeçilmez olduğumuz kesin. Bir-iki gün önce Mikail'den bir faks geldi. Şimdiye dek bana yazdığı en uzun mektup bu. "Ruhum, gönlümün sultanı, varlığım benim," diye başlıyor mektup. Öylesine duygulandım ki, bunlar olsa olsa on dokuzuncu yüzyıl romanlarında bulunabilecek cinsten hitap biçimleriydi.

Arkasından katılmasına kızdığım bir yemeğe neden gittiğimi uzun uzadıya anlatmış: "Maya Lâle'ciğim, her şeyi reddedersek nasıl yaşayacağız," diyor. Doğru söylüyor. "Senin biraz kırgın olman beni çok üzüyor, ne olur iyi, şen ol. Nasıl sensizim anlatamam, senden başka kimse olamaz ruhum, canım. İçimdesin," diye bitiriyor mektubu.

Bu satırları okur okumaz yine sulu gözlülüğüm tuttu. Gözlerimden sicim gibi yaşlar akmaya başladı. Böylesine sınırsız, gerçek bir sevgi yaşama şansına sahip olmak bana dokunuyordu. Bu rüyadan uyanmak gerektiği zaman ne yapacaktım? Birden içime Mikail'i kaybetme korkusu yerleşti. Yoksa dünya bu kadar berbat durumdayken kendimi biraz olsun mutlu hissetmekten suçluluk mu duyuyordum?

Özellikle biz göçmenler için kötü giden bir şey de cumhurbaşkanlığı seçimleri oldu. Le Pen seçimlerin birinci turunu kazandıktan sonra Fransa çok tatsızlaştı. Bugün bir milyonu aşkın kişi Le Pen'i protesto etmek için sokaklara döküldü ama insan yine de kendine sormadan edemiyor, bu durumda hâlâ bu gönüllü sürgün hayatını devam ettirip bu ülkede kalmanın bir anlamı var mı?

43

Bugünlerde hiç keyfim yok. Az sonra televizyonda Paul Auster'in son romanı ***Le livre des illusions***[19] üzerine bir program başlayacak. Seyredeyim bakalım, belki iyi gelir.

44

Bugün Nathalie'yle, İranlı yönetmen Kiarostami'nin filmi *Ten*'i görmeye MK2 Stalingrad'a gittim. Güneşli bahar gününden faydalanarak Vilette havuzunun kenarına oturduk. Bizim gibi bütün Parisliler, bu güzel günden istifade etmek üzere kafelerin teraslarındaki yerlerini almışlardı. Herkes beni zayıflamış ve solgun buluyordu, ama Nathalie çok güzel göründüğümü söyledi. Hatta kendi haline, öylesine uzamaya bıraktığım saçlarıma bile iltifat etti.

Ten, İranlı kadınların verdiği özgürlük mücadelesiyle ve yaşadıkları Müslüman toplumda bir kadın olarak karşılaştıkları sorunlarla ilgili bir filmdi. Çok etkilendiğinden dolayı bu, Nathalie'nin *Ten*'i ikinci izleyişiydi, ama ben pek kayda değer bulmadım bu filmi.

Bu küçük gezintiden sonra eve döndüm. Yazın Mikail'in annesinin evinde Alberto Moravia'nın asıl adı *Can Sıkıntısı* olan, ama Türkçe'ye ***Kalbimdeki Dişi*** diye çevrilen kitabını bulmuştum. Doğrusu sürekli canı sıkılan biri olarak can sıkıntısıyla ilgili bir kitapla karşılaşmak biraz olsun içime su serpiyordu. Bir sigara yaktım ve sıkılarak, bu can sıkıntısıyla ilgili kitabı okumaya koyuldum.

45

Mikail'e mektup:

"Sevgili küçük kocacığım benim,

Zorro'ya mamasını verdim, şimdi geldi masanın üzerine çıktı, kendine oturacak bir yer arıyor. Seni çok özledim, ailemiz sensiz eksik.

Yusuf Atılgan'ın *Aylak Adam*'ını okudum. Ama bilsen çabuk bitmesin diye ne numaralar yaptım. Bölüm bölüm okumayı mı denemedim, uzun aralar mı vermedim... Doğrusu hakikaten çok hoş kitap. İnsanoğlunun varlıksal can sıkıntısını gerçekten gayet iyi vermiş Atılgan. Pek tabii ben de ezelî *flâneuse* olarak kitaba bayıldım. Sen bu kitabı ne zaman okumuştun, neler hissetmiştin? Okurken ara ara kıvrılmış sayfalara rastlıyordum; bu sen olmalısın.

Ne dersin ben de kendime bir iş tutturur, aylaklıktan kurtulursam canım daha az sıkılır mı?

Şimdi Elisa geldi. Beraber yemeğe çıkacağız. Sana çok selâm söylüyor, ona rakı getirirsen çok sevinecek. Çok öptüm, sevgiler, canım sevgilim.

Maya Lâle"

46

Mikail'e mektup:

"Sevgilim,

Maria Callas dinliyorum. Sen yoksun, ama benim bütün varlığıma işlemişsin. Attığım her adımda, dinlediğim her müzikte, ruhumun derinliklerinde sen varsın. Bazen sana karşı çok kırıcı oluyorum. Benim lânet karakterim. Umarım bu ilişkimizin yoğunluğunu azaltmıyordur.. Seni kırdığım zaman çok üzülüyorum, kızıyorum kendime.

Şimdi burada olsaydın ve el ele verip arşınlasaydık Paris sokaklarını; o kafe senin, bu kafe benim. Biraz da kafayı bulsaydık ve senin dilin çözülseydi. Ben, seni zevkten dört köşe, kıkırdayarak dinleseydim. Bana aşkını ilân etseydin, ben mutluluktan kanatlanıp uçsaydım. Gece gök gürleseydi ve korkudan koltuklarının altına sokuluverseydim. Ama hayat bundan ibaret değil, bazen gözlerini açıp etrafında olan bitenleri de görmen gerekiyor değil mi? İşte benim yapamadığım bu, hep bir masal dünyasında yaşamak istiyorum. Sen büyük ölçüde beni gerçek dünyadan uzak tutuyorsun. Ama tıpkı masallardaki gibi, bazen şehrin bütün iğnelerini yaktırsan da, geriye bir iğne kalıyor ve gelip prensesin parmağına batıyor. Ben hep masalların sonunda yaşamak istiyorum, hani o bütün acılı maceraların bittiği, mutlu sona ulaşıldığı yerde. Ama gerçekte öyle mutlak bir mutluluk yok değil mi? Masallarda, bazen de filmlerde bin bir zorluktan geçildikten sonra mutlu sona varılır ve hikâye orada kesilir, bunun hep böyle mi devam ettiğini hiç bilemeyiz. Yalnızca öyle olduğunu ümit ederiz değil mi?

Şimdi *Tous les matins du monde*[20]'un müziğini dinliyorum. Hiç olmazsa gerçekçi bir film, her şey iyi bitmiyor. Benim dünya yüzündeki yanlışım şu herhalde: Hep duygularımın titreşimini hissedip, hayatı bu yönde algılamak. Oysa sürekli büyük coşkulardan üzüntülere, sonra yine kalbin pırpırlarına kendini bırakarak yıpranıyorsun, kendini koruyamıyorsun. Sanırım sorun burada, benim bir kalkanım yok yaşamak için. Tıpkı bir sünger gibi etrafımda olup biten her şeyi içime çekiyorum. Küçük bir yaprak kıpırtısı, denizin nazlı, ürkek dalgaları veya bir kuşun ötüşü beni heyecanlandırıyor. Karşımdaki insanın üzüntüsü, benim üzüntüm oluyor. Ne garip, aslında diğerkâm da değilim, bazen öylesine bencil ve kendi dünyasına gömülmüş bir halim var ki! Yine de senin dediğin gibi, antenlerim fazla açık olmalı.

Bunları yazarken gözümün önünde upuzun sarı-beyaz buğulu bir kumsal ve kıyıya çarpan gri-lacivert dalgalar canlanıyor.

İnsanın yeryüzü macerası uzun bir yalnızlık öyküsünden başka bir şey değil aslında. Çaresizce yalnızlıkları paylaşmaya çalışmak değilse nedir yaptığımız?

Jean-Jacques Rousseau'nun St. Pierre Adası'nda yaşamının son yıllarında düştüğü ümitsizliği paylaşıp, onu *Yalnız Gezen Adamın Hayalleri* kitabını yazmaya götüren şeyi anlayabiliyor muyuz bugün, ölümünden yaklaşık iki yüz otuz yıl sonra? (Gerçi Jean Starobinski, Rousseau'yu *Hayaller*'i yazmaya götüren şeyi üçlü suskunlukla açıklar. Rousseau, önce *İtiraflarım*'ı halkın önünde okuyup bitirdiğinde etrafı bir ölüm sessizliği kaplar. Yalnızca Mme. Egmont, aşikâr bir şekilde titrer, ama o da suskunluğu bozmaz. Bu okumadan beklediği tepkiyi alamayan Rousseau bu sefer, kendisiyle hesaplaştığı *Dialoglar*'ını yazarak Notre Dame Kilisesi'nin mazgallarına bırakmaya gider, ancak mazgalları kapalı bulunca bir bozguna daha uğrar, Tanrı'nın da kendisini reddettiğini düşünür. Son olarak *Dialoglar*'ını okuyup eleştirmesi için Condillac'a götürür, ama o da sessizliği tercih eder. İşte Starobinski'ye göre, Rousseau'yu *Yalnız Gezen Adamın Hayalleri*'ni yazmaya iten bu üçlü suskunluktur.)

Biraz yorgun ve sarhoşum. Arkadaşlarım genellikle düşünceli, yaralı, bu dünyadan uzakta bir hâlim olduğunu söylüyorlar. Sen gülmeyi çok seversin, bazen benimle ne paylaştığını merak ediyorum.

Hoşça kal, sevgiyle kal.

Maya Lâle

Not: Hava soğumuş. Gardan sigara almış dönerken *clochard*'lar benden iki sigara istediler. Geceyi geçirmek için kaldı on sekiz sigara. Yanımda olmanı çok isterdim."

47

Mikail'ciğim sonunda döndü. Geldiği gün hemen Paris sokaklarına atıverdik kendimizi. Tek tek kafeleri dolaşmaya başladık. Önce Croix Rouge'daki Sauvignon'da aldık soluğu. Burada bir Chablis[21] içtik. Gözümün içine bakıyordu Mikail. Attilâ İlhan'dan şiirler okuyordu bana: "Eflâtun gözlerin olduğunu bilmiyordum."

Sonra yürüyerek St. Germain'e, Flore'a gittik. Teras'taki masalardan birine oturduk, birer şampanya söyledik. Akşam güneşi içimizi ısıtıyordu. İçim sımsıcaktı, mutluluk doluydu. Çocuklar gibi şendik. Her şey sanki bize gülümsüyordu; kilisenin çan kulesi, ağaçlar, güneş, sokaktaki çocuklar, köşebaşındaki dilenci ve köpeği, uçan güvercinler...

Ardından ver elini Montparnasse... Select'in barında birer Médoc[22] ısmarladık. Hafif çakırkeyif de olmuşuz, sokulduk birbirimize yavru kediler gibi. Mikail'in dili artık iyice çözülmüştü: "Maya Lâle'ciğim, ruhum, senden başka kimim var ki! Ben artık hayatımın geri kalan kısmını sana adadım," diyordu.

Select'ten çıktık, yürüye yürüye Closerie des Lilas'ya gittik. Eski havasını kaybetmesine rağmen burayı hâlâ çok seviyorduk. Piyanist bu gece sanki bizim için çalıyordu. Yemek boyunca Mikail elimi bir an olsun bırakmadı, gözlerini gözlerimden ayırmadı. Bana Ahmet Haşim'den mısralar okudu:

Denizlerden
Esen bu ince hava saçlarınla eğlensin
Bilsen
Melâl-i hasret-ü gurbetle ufk-u şâma bakan
Bu gözlerinle, bu hüznünle sen ne dilbersin![23]

Beraberce mutluluğun resmini yapıyorduk sanki...

48

Mikail'e, kendisi burada yokken tuttuğum günlüğü okudum, çok hüzünlü buldu. "Delir, çıldır, aklına gelenleri yaz, uç biraz. Kendine bu kadar dönük olma. Çok güzel 'humour'lu gözlemlerin var, onları yaz. İroni kullan," dedi bana.

Ne yapabilirim, elimden ancak bu kadarı geliyor. Bir kapalı kutu oldum artık. İç sıkıntısı günlük yaşamımın bir parçası haline geldi.

Bugün çalışma odama çıktım. CD çalara Billie Holliday'i koydum. Ancak bu buğulu, melankolik ses ruhumu yıkayabilirdi. Sonra yanına bir kadeh şarap iyi gider diye düşündüm. Ardından odanın içinde bir ileri bir geri volta atmaya başladım. Yazmak elimden gelmediğine göre tek çare odayı arşınlamaktı. Ne de olsa küçük bir odanın içinde volta atmak da yazarlığın bir parçası sayılmaz mı? Yazamasan da kapanacaksın ve o iç sıkıntısıyla başbaşa, beyaz sayfalara bakarak deli danalar gibi dolanıp duracaksın. Kelli felli yazarların günlüklerinde, denemelerinde, sadece işe yarar bir yarım sayfa çıkarmak için her gün disiplinli bir şekilde nasıl bir forsa gibi çalışma masalarının başında oturduklarını okumak moralimi bozuyor.

Neredeyse bir kifayetsiz muhteris olduğuma karar vermek üzereyim. Uyuşukluk ve tembellik içerisinde hep o büyük anı bekliyorum. Sanki, bir ses yazacaklarımı bana dikte ettirecek bir gün, bir vahiy gibi.

Duvarda Kerouac'ın daktilosuna takıp *On the Road*'ı yazdığı otuz altı metrelik rulonun fotoğrafı asılı. Bir gün ben de kendimi kapıp koyverip, metrelerce kâğıda, hiç durmamacasına yazabilsem keşke.

İpin ucunu kaçırıp kendini bırakmak ve alabildiğince

yazmak... Benim yaşamımsa kendime engel olmakla geçiyor. Hani hep diken üzerinde yaşayan insanlar vardır. Ben onlardanım işte. Yazdığım kısa makalelerde bile, o iç sıkıntısının verdiği "bir an önce bitse de kurtulsam" duygusuyla birçok dizgi hatası yapıyorum bilgisayarda.

"Hayat yine de çok güzel," dedi bana yeni tanıştığım zeki ve cana yakın biri geçen gün. Benim için her yeni başlayan gün, sanki bir dişim çekiliyormuşçasına sancılı. Her yeni gün, yeni bir ağırlık. Ne Mikail, ne penceremin altını ormana çeviren yeşillenmiş kestane ağaçları, ne alabildiğine duyarlı kedim, içimdeki sıkıntıyı söküp atabiliyor. Normal olarak bilinçaltına ittiğim, ket vurduğum duygularımı özgürleştirmesi gereken psikanalistim ise tam bir başbelâsı. O heykel gibi ifadesiz yüz her gün beni bir parça daha öldürüyor. Çocukluğumdan kalma bir şey olsa gerek bu, ama ne olursa olsun karşımda duygusuz, tepkisiz, anlayışsız, şiirsiz bir taş görmek tahammül edilir şey değil. Ah, bir parça beni anladığını, bana inandığını, beni takdir ettiğini düşünebilsem... Tamam biliyorum, psikanalistimi böyle algılamam da beni çocukluğuma gönderiyor, ama neden bu ruhsuz soğuk nevaleyi üç yıldır çekiyorum ben? Yoksa mazoşist miyim? Takmış psikanalizin kurallarına. Nadir konuştuğu zamanlarda "ama bu çalışmamızın kapsamı dışında," diye kuru bir ses tonuyla bir şeyler geveliyor. Bu meretin kuralları bu kadar mı sert, arada bir olsun yüzüne beni anladığını belirten küçük bir ifade takınamaz mı? Kendimi kötü hissettiğimde açıp sevdiğim bir yazarı okusam daha iyi gelir. En azından birlikte olmaktan zevk aldığım bir dostumla hoşça vakit geçirmenin keyfini yaşarım. Yine geçenlerde yeni tanıştığım ve kâğıt kalem merakı yüzünden kendisine o anda yakınlık duyduğum biri, "insan hayatta hep kendisine benzeyeni arıyor" demişti. Yani psikanalistim benim ikiz kardeşim olsun demiyorum ama, yine de onunla bir ortaklık kurma, asgarî müşterekte anlaşma ihtiyacındayım.

Rousseau'nun ve Rilke'nin elyazmalarının kütüphanedeki fotokopileri bana bir sıcaklık veriyor. Onların ruhlarını hissediyorum. Sanırım "bir şiiri olmak" çok önemli. Şiiri olmayan hiçbir şeyi ve hiç kimseyi sevmiyorum. "Şiiri olmak" deyimini Mikail çok sık kullanır.

49

Sevimsiz bir gün. Aynaya bakıyorum, yüzümde meymenet yok. Evin içinde dolanıp duruyorum. Odalardan birinden Mozart'ın piyano sonatları yükseliyor, diğerinde Glenn Gould Bach çalıyor. Prelüdler, fügler, partitalar, süitler, sonatlar birbirine karışıyor. Çalışma masamın üzerinde simli gergedan resminin bulunduğu defter, ağzına kadar karalamalarla doldurulmuş, sayfaların uçları kıvrılmış, sağı solu lekeler içinde, öylece duruyor. Yanında, yine sanrılarla dolu başka defterler, onlar da öylece duruyor. Yatağın üzerinde Zorro, başını insan gibi yastığa dayamış mışıl mışıl uyuyor. İstanbul'daki zorunlu tatil üçüncü ayına girdi. Aylaklık dizboyu. Sıkılmaktan sıkıldım artık. Ruhum kurudu bu şehirde. Burada *flâneuse*'lük mesleğini de icra etmek içimden gelmiyor. Dolayısıyla Paris'e dönüş vakti gelene dek kedimle miskin miskin evde oturmayı tercih ediyorum. Asıl sürgünlüğüm burada benim, Paris'te değil. İstanbul, benim için can çekişen bir kadın. Feryatlarıyla apartman sakinlerini allak bullak eden, ama bir türlü ölmeyi beceremeyen. Belki de bu şehri uzun zamandır Alzheimer hastası olan babaannemle özdeşleştirmeye başladım.

"Bakalım uçabilecek miyim? Hah tamam. Eve gitmek istiyorum ben, eve. Evim yok benim. Aa, bakın ne çalıyor. Volare ooo... En sevdiğim şarkı bu. Çok meşhur. Anneciğim korkuyorum. Ölüyorum yetişin. Ay, bittim dokunmayın bana ahlâksızlar. Bak namussuzlara kedilerin gözlerini oymuşlar. İşte onlar yaptı biliyorum. ***(Ağlamalar)*** Aah, aah! Mendilimi verin. Çalmışlar işte, her şeyi çalmışlar. O benim şeyim. Şeyim işte. ***(Ağlamalar)*** "

Babaannemden son aklımda kalanlar bunlar. Çok uzun ve acılı bir can çekişmeydi onunki. Birden alıp götüren ölümü seviyorum.

Bir şey söylemekle söylememek arasında fark yok artık benim için.

Tıpkı o filmdeki gibi hiçbir zaman yazmayan bir yazar mı olacağım ben sonunda?

Diğerkâmlık önemli mi, kendi gerçeğine varmak önemli mi? Yazmak gerekli mi? Karıncalarıyla birlikte tozlanmış, yaşlanmış evinde oturan Zenîme Hanım. Adı Zenîme'ydi. ***Karanlığın Günü.*** Leylâ Erbil'den Tezer Özlü'ye. Ben Tezer Özlü'ye benziyormuşum. Yıllar önce çalışmakta olduğum derginin kültür servisi şefinin bana bunu söylemesinden sonra, genç bir ressam kız da aynı şeyi söyledi geçenlerde. Bari yazgım Tezer Özlü'ye benzemesin. Daha yapacak çok iş var. Hem ben henüz yazar bile olamadım. Yaşamın ucuna yolculuğu bitirmedim. Bir tutunamayan hayvanı olarak, yan yan yengeç gibi ilerliyorum hayatta. Orlando, deniz fenerine doğru ilerliyor. Zavallı Orlando, kendine acıyor.

Yalnızız. Peyâmi Safâ. Bazen hayat bir sanat eseri kadar güzel olabiliyor. Tanpınar. Huzur. Yolun büyüğü küçüğü yoktur, hayatı kesif yaşasınlar yeter. Ama ya benim huzurum nerede kaldı? Debussy'yi, Wagner'i sevmek, Mahur Beste'yi yaşamak, bu bizim talihimizdi...

Callas. *"Teneste la promessa... Addio del Passato"*, *"Sorto è la notte"*, *"Ernani, ernani, involami"*, *"J'ai perdu mon Eurydice"*, *"O don fatale"*, *"Ecco: respiro appena... Io son l'umile ancella*[24]"...

Yaşam hatırlamaktır, hatırlamayı hatırlamaktır.

Ölenlerin arkasından helva pişirenler barı. Ölmeye yatmak. İntihar edemiyorsak içelim.

"Kâbuslarımı Siyah Kalem'de, hayatın ışığını ve mutluluğunu Piero Della Francesca'da, gerçekliğin düşünü ise Bruegel'de buluyorum."

Mikail bir rüyaydı, rüya adamıydı. Zihnimin bir yanılgısıydı. Bir yanılsamaydı. Cinler, periler, cüceler, oradan buradan çıkan insanlar, insan yüzleri, hayat hikâyeleri.

Bir hikâye bile anlatmayı becerememek, belki de bunu istememek. Bir şey anlatmayı istememek. Bilinçaltında kaybolmak.

Ayıldığımda, bir cep viskisi ve epeyce kola tüketmiş ve bu anlamsız karalamaları yapmış olduğumu gördüm.

50

Bir yıl daha biterken yaşam beni korkutuyor. On gün sonra Noel. Paris sokakları ışıl ışıl. Psikanalistime bir hediye aldım: Callas'tan *Seçmeler*. CD'yi beyaz bir kâğıda sarıp, üzerine koyu kırmızı bir gül ve yaprak oturttum. Paketi de yine koyu kırmızı tülden küçük bir torbaya koydum.

Analistime beni ifade eden bir hediye vermek istedim. Hediyeyi verirken ona diyeceğim ki: "Eğer Callas'ın sesindeki yoğun acının ayırdına varabiliyor, çığlığını duyabiliyorsanız, beni anlıyorsunuz demektir." Evet, aynen böyle söyleyeceğim.

Beni anlasa ne olacak sanki? Neden bu adamla bu kadar uğraşıyorum ki! Mikail onu kıskanmakta haklı galiba. Bu adama karşı bir şeyler hissetmesem, ona kendimi böylesine anlatan bir hediye vermeye kalkışmazdım. Mikail'e, Mikail'in sevgisine böylesine ihanet ettiğim için kendimden utanıyorum.

Analistime duyduğum hislerde yalnızca sevgi değil, ara ara nefret de var. Lacan'ın *"hainamoration"* "nefretosevgi(!)" diye tanımladığı duygu yani. Hatta bununla ilgili bir rüya bile görmüştüm. Rüyamda düzenli bir şekilde katlanmış, üst üste duran birçok tişört var. Önce en üsttekini alıp açıyorum. Üzerinde kedi resimleriyle, ışıldayan kırmızı kalpler var. Bu haliyle tişörtü çok çekici buluyorum. Sonra bir tişört daha alıp açıyorum. Üzerinde *"hainamoration"* yazıyor. Ben "aaa!" diyorum. Sonra epey bulanık bir desen taşıdığını görüyorum. İki tişört arasında bir seçim yapmam gerekiyor, ama karar veremiyorum. Rüya burada bitiyor.

Bana göre, üzerinde parlak kırmızı kalpler bulunan tişört, Mikail'i ve onun açıkça sergilediği sonsuz aşkı temsil ediyor. Üzerinde *"hainamoration"* yazılı ikinci tişört ise analistimi simgeliyor. Çünkü ona nefretle karışık bir sevgi duyuyorum ve bana olan duygularından emin değilim. İki tişört arasında seçim yapamamam da Mikail'le analistime karşı duyduğum sevgi arasında kaldığım ve hangisini seçeceğime karar veremediğim anlamına geliyor. Bu benim yorumum. Analistime ise bu konuda bir şey söylemedim. Sadece rüyayı anlattım ve ne anlama geldiği konusunda bir fikrim olmadığını belirttim.

Bu rüyayı daha analizimin birinci yılında görmüştüm. O zamanlar analistime olan duygularımı henüz itiraf etmemiştim, bu yüzden rüyayı yorumlamayı reddetmiştim.

Bakalım, Callas CD'sine tepkisi ne olacak. Sanırım bundan öte bir itiraf olamaz. Üstelik hediye paketinin kırmızısı da tutkuyu simgeliyor olmalı. Oldukça acayip bir kızım ben. Koskaca, otuz üç yaşında hâlâ kadın olmayı becerememiş garip bir kız çocuğu.

Tanrım, Mikail bütün bu yaptıklarımı duysa ne kadar üzülürdü. Gerçekten de analistim sevgilinin yerini tutuyor. Psikanalitik aşk söylemi de böyle demiyor mu zaten: "Analiz bir aşk üçgeni oluşturur: Koca, analist (sevgilinin yerini tutar) ve hasta."

Oo, zavallı küçük Mikail'ciğim benim, bunu hiç hak etmiyor!

51

Falguère Sokağı'nda, *Le Monde* gazetesinin eski yerinin yanındaki kafedeyim. Evin arka sokağındaki bu kafeye sık sık geliyorum akşamüstleri. Yazmak için çok uygun. Yalnızca barın etrafı birkaç müdavimle çevrili. Diğer masalar ise bomboş. Fonda Nostalji Radyosu. Yazmak için aradığım sükûnet burada mevcut.

Dışarıda keskin bir soğuk var. Metrolar *clochard*'dan geçilmiyor. Ne yapacağımı pek kestiremeden, merhametle karışık bir kaygıyla bakıyorum battaniyesine sarılarak metro istasyonunun bir köşesine kıvrılan *clochard*'lara.

Noel yaklaşırken *clochard*'lar, sokaklardaki cafcaflı, albenili dükkân vitrinleriyle taban tabana zıtlık oluşturuyorlar. Delik ayakkabıları -kimisi ayakkabısız-, yanlarında eşyalarını koydukları, neredeyse fakirliğin simgesi haline gelen kirli, buruşuk, yıpranmış naylon torbaları önlerinde köpek öldüren cinsinden ucuz şaraplarıyla öylece duruyorlar. Köşe başlarında, metrolarda ve önlerinden geçen binlerce insan onları görmezlikten geliyor. Hasbelkader bir *clochard*'la göz göze gelseler sırça köşkleri yıkılacak, o kurdukları sahtekâr, mutlu dünyayı ellerinden kaçıracaklar diye ödleri kopuyor. Metroda bir *clochard* görmeyiversinler, hemen en uzak köşeye kaçıyorlar. Sanki bir *clochard*'a yakın olmak, fakirliğin, çaresizliğin varlığını kabul etmekmiş gibi. Herkes huzur içinde Noel alışverişini yapıyor ve cicili bicili paketleriyle, *clochard*'ları yok sayarak geçip gidiyorlar her gün.

Ya ben ne yapıyorum *clochard*'lar için? Onları içinde bulundukları durumdan kurtarmaya yetmeyeceğini bildiğim halde, üzerimde ne kadar bozukluk varsa veriyorum. Bazen oturup sohbet ediyorum onlarla. Hatta birkaç yıl önce, Marais'de oturup iki genç *clochard*'la bira içmiş ve köpeklerini tedavi ettirebilmeleri için onlara 200 franklık bir çek yazmıştım. Konuşmamızın içeriğini tam hatırlayamıyorum, ama bir tanesinin sürekli *"fucking Rimbaud"* demesine içerleyip, yanlarından ayrılmıştım bir süre sonra. Ardından bir kafeye girdiğimde, beni onlarla sokakta otururken gören biri, "Aa, ben de sizi *clochard* zannetmiştim!" demişti. Bu iyi, demek ki bu dünyada kazananlardan yana olmadığım anlaşılıyor. Bir *clochard*'a benzemek, benim savunduğum ilkelere tamamen uyumlu. Godard, son filmi *Éloge de l'amour*[25]'da diyor ki: "Ayda on bin franktan fazla kazanan insanlar boyunduruk altındadır."

Bazen içimden, karşılaştığım *clochard*'ları eve davet edip, onlara sıcak bir yemek ve sıcak bir banyo sunmak geçiyor. Ama hiçbir zaman buna cesaret edemiyorum. Demek ki her ne kadar reddetsem de düzen, benim de kemiklerime kadar işlemiş.

Geçen yıl Cécile'le metroda çok etkileyici bir *clochard*'a rastlamıştık. Delici bakışlı mavi gözleri vardı ve boynuna bir çarşaftan kesildiğini sandığım, gözleriyle aynı renkte mavi bir fular bağlamıştı. Bu haliyle bir masaldan fırlamış gibiydi. Hatta boynundaki mavi fularıyla ona, bir nevi Küçük Prens diyebilirdiniz. Cécile'le bakıştık. Cécile kulağıma, onu otuzunda intihar eden sevgilisi Alexandre'a benzettiğini fısıldadı. Bir an içimden mavi fularlı *clochard*'ı eve davet edip, ona bir tábak sıcak yemek vermek, belki biraz da dostluk göstermek geldi. Ama bunu yapamadım. Tek becerebildiğim, elinden kayıp yere düşen yarım içilmiş sigarasını alıp ona vermek oldu. Bunun üzerine elini kalbinin üzerine koyarak teşekkür etti, bir şeyler mırıldandı ve trenden indi. O gün bu gündür, bu mavi fularlı, perivari *clochard*'ı ara ara hatırlar, kısa bir süre için de olsa, onun şiirinin içine girerim.

Mikail eskiden, benim çok içtiğim dönemde bazen "bir gün *clochard* olursan çok üzülürüm," derdi. Oysa ben bunda üzülecek bir şey göremiyorum, *clochard* olmayı becerebilmek onurlu bir davranış bence. Noel'e çeyrek kala, diyebilirim ki kendimi sade bir vatandaştan ziyade, bir *clochard*'a yakın hissediyorum. Her şiiri olan insan bir gün *clochard* olma durumunda kalabilir veya buna karar verebilir.

52

Bugün mutluluktan havalarda uçuyorum. Psikanalistimle Noel'den önceki randevum bu öğleden sonraydı. Odasından içeri girip yerime oturur oturmaz, koyu kırmızı tül torbayı çıkarıp ona uzattım ve "iyi Noel'ler," dedim. Sükûnetle küçük tül torbayı aldı ve masanın üzerine bıraktı. Her zamanki gibi onun konuşmasına fırsat vermeden atıldım:

"Aslında bunun pek ince ve görgü kurallarına uygun bir davranış olmadığının bilincindeyim, ama ne yapayım içimden öyle geldi. Belki de yine bana psikanalizin kurallarından bahsedecek ve bunun bir '*passage à l'acte*[26]' olduğunu söyleyeceksiniz. Ancak ben içimden geldiği gibi davrandım o kadar."

Pakete dokunmadan konuşmaya başladı:

"Hah, tastamam bu bir '*passage à l'acte*'. Ama bu hediyeyi kabul ediyorum, çünkü üniversitenin sağlık hizmetleri servisinde çalıştığım için bana para ödemiyorsunuz ve böylece bana olan borcunuzu ödediğinizi düşünüyor olabilirsiniz."

"Katı kurallarınızı biraz olsun kırdığınız için teşekkür ederim. Hem biliyor musunuz, her analistin hastasına farklı bir yaklaşımı oluyor. Örneğin arkadaşım Cécile, analistine yazdıklarını okuyor. Hatta analisti ona 'siz bir yazarsınız,' bile demiş. Üstelik geçen yaz tatilinde mektuplaştılar."

"Şimdi siz bunun psikanalitik çalışmanın içine girdiğini düşünüyor musunuz? Yazdıklarınızı okuma meselesine gelince, bana sorarsanız siz yazılarınıza bir okuyucu arıyorsunuz. Benim görevim bu değil. Ama bir gün yazdıklarınız basılır da hakkında iyi eleştiriler okursam ve yazı stiliniz benim zevkime uyarsa, o zaman onları okuyabilirim. Hem sizi biraz tanıyabilmişsem biliyorum ki, şu anda yazdıklarınızı okuyup hakkında iyi şeyler söylersem, bana inanmayacaksınız. Olumlu eleştiri yapmamı sizi kırmak istemememe bağlayacaksınız."

"Doğru söylüyorsunuz, hep bir onaylanma ihtiyacı içindeyim. İnsanlara hep kendimi sevdirme çabasındayım, özellikle de beni ittiklerini hissediyorsam. İki yıl önce kriz geçirdiğim dönemi anımsıyor musunuz? Size karşı çok saldırgandım, çünkü beni anlamadığınızı, ittiğinizi düşünüyordum. Umutsuzca kendimi size sevdirmeye çalışıyordum."

"Bana kalırsa siz bana nefretle karışık bir sevgi duyuyorsunuz."

"Haklısınız. Hani iki yıl kadar önce gördüğüm 'hainamoration' rüyası vardı ya. O zaman size yorumunu yapmayı reddetmiştim. Şimdi bu yorumu yapmak istiyorum. Bence o rüyada üzerinde çekici kırmızı kalpler bulunan tişört Mikail'i temsil ediyordu; onun bana olan sevgisini açık açık ifade etmesini. Üzerinde *'hainamoration'* yazılı tişört ise sizdiniz. *'Hainamoration'*, benim size olan hislerimi, tişörttteki bulanıklık ise sizin bana olan duygularınızdan emin olmadığımı temsil ediyordu."

Ben konuşmaya devam ederken analistim yavaşça hediye paketinin üzerindeki kartı alıp okumaya koyuldu. Kartta şöyle yazıyordu: "Var olduğunuz için teşekkürler, melankolimi paylaştığınız için teşekkürler. Size tüm kalbimle iyi noeller ve mutluluk dolu bir 2003 yılı diliyorum." Kartı okuduktan sonra bana dönüp:

" 'Var olduğunuz için teşekkürler' derken ne demek istiyorsunuz?" diye sordu. Şöyle cevap verdim:

"Gayet açık değil mi? Yani sizin bu dünya yüzünde bulunmanız, benimle acılı ve zor zamanlarımı paylaştığınız için teşekkür ederim demek istiyorum."

Bu arada analistim uzanıp paketi tül torbadan çıkardı. Baktım ki paket biraz bozulmuş, hemen kalkıp elinden aldım.

"Ah, ne yazık paket bozulmuş, durun biraz düzelteyim."

Güldü:

"Nasıl olsa açılmayacak mı?"

Paketi itinayla açmaya koyuldu. İçinden Callas çıkınca konuşmaya başladım:

"Zevkinize uyuyor mu bilmiyorum, ama eğer Callas'ın sesindeki o yoğun acıyı hissedebilir, çığlığını duyabilirseniz, beni anlamışsınız demektir. Aslında beni anlamak gibi bir yükümlülüğünüz de yok biliyorum. Ben buradaki çalışmamızla kendimi anlayıp çözmeliyim ama..."

Ben bu sözleri söylerken analistim içten gülümsüyordu. Sanırım hediyemle onun ruhunu okşamayı başarmıştım. Bana dönüp,

"Hediye seçiminize ve paketine gösterdiğiniz özene teşekkür ederim. Ama yine ikimizin aynı zevklere sahip olup olmamasından bahsediyorsunuz ki bunu hiçbir önemi yok. Önemli olan sizin burada söyledikleriniz, yaptıklarınız değil; değişmeyi isteyip istemediğiniz. Buraya, bana gelerek hayatınızı değiştirmeyi gerçekten istiyor musunuz?"

"Tabii ki istiyorum. Burada kanlı bir devrim yapmıyoruz ki bir günden ötekine değişeyim! Hem artık eskisi gibi içip içip skandal yaratmıyorum. Bu da bir şey değil mi? Tüm hayatım Mikail'e bağlı olsa da eskisine oranla daha sorumluyum. Bu arada ben üniversitede psikanaliz derslerine yazıldığımda ve size analist olma arzusunda olduğumu söylediğimde bunun nedenlerini yeterince araştırmadınız. Psikanaliz okumak benim için size ulaşmanın tek yoluydu. Gerçekte bu mümkün olamayacağına göre, bu yolla size yakın olmaya çalışıyordum. Analist olmak ise bunun en üst noktasıydı. Neden beni anlamadınız? Size bağlandığımı hissettikçe gitgide aksileşiyor, saldırganlaşıyordum. Çünkü bunun yine mutsuz, karşılıksız bir aşk hikâyesine dönüşmesinden korkuyordum. Divana uzanmaktan nefret ediyordum, çünkü o zaman sizin varlığınızı hissedemiyordum. Konuşurken her zaman size bakmasam da, başımı çevirdiğim zaman sizi görebilmek, sizin karşımda olduğunuzu bilmek benim için çok önemli. Aksi takdirde bir yokluk duyumsuyorum ve bu beni çok acıtıyor.

"Hımm, sanırım bugün bu varlık-yokluk noktasında seansı bitireceğiz. Üniversitenin sağlık hizmetleri Noel'den itibaren iki hafta tatile giriyor, size 6 Ocak Pazartesi günü saat ikiye ve 10 Ocak Cuma günü saat altıya randevu veriyorum."

"Bir haftada iki randevu birden ha! Çok teşekkür ederim buna bir itirazım yok da, durup dururken fazladan bir randevu nereden çıktı şimdi?"

"Çünkü iki hafta tatildeyiz ve bunun gerekli olduğuna inanıyorum."

53

Nathalie, analistime aldığım hediyeyi on gün boyunca nasıl Mikail'den saklamaya çalıştığımı biliyordu. Randevumun ertesi günü beni aradı ve hediyeyi verdiğimde analistimin nasıl tepki gösterdiğini sordu. Ona olan biteni anlattıktan sonra, kendisinin de analistine bir hediye verme kararı aldığını söyledi.

Nathalie'nin analiz hikâyesi epey uzun. On beş yıl boyunca analiz gördükten sonra iki yıl önce buna bir nokta koymaya karar vermişti. Ardından geçtiğimiz yaz yeniden psikanalize başlama fikri ona cazip gelmeye başladı. Çok ünlü bir analistin bir kitaba yazdığı önsözden etkilenerek, onunla çalışmaya karar verdi. Ama kaderin cilvesi bu ki adamcağız çok yaşlıydı ve üç seanstan sonra aniden ölüverdi. Bu Nathalie için büyük bir darbe oldu, çünkü bu sefer aradığını bulduğuna inanıyordu. Bir aylık yoğun bir arayıştan sonra ona, Uluslararası Psikanaliz Derneği'nden bir analist bulduk. Nathalie'nin isteği üzerine internetten yeni analisti üzerine bilgi topladım. Adamın İsrailli ve Rimbaud'nun *Cehennemde Bir Mevsim*'inin çevirmeni olduğu ortaya çıkınca Nathalie'nin ona olan ilgisi birdenbire arttı. Bana, "Çok derin bir insan, belki de bu kadarı benim için fazla. O da bu dünyanın insanı değil, oysa bana biraz daha ayakları yere basan biri lâzım," demeye başladı. Ama çoktan analistine bağlanmıştı bile. İşte böylece benden ilham alarak, analistine, *Cehennemde Bir Mevsim*'in babasının kütüphanesinde bulunan çok eski bir baskısını hediye etmeye karar verdi.

Zaten Nathalie, Cécile ile sohbetlerimizin odak noktasını analistlerimiz oluşturuyor. Buluştuğumuzda birbirimize ilk sorumuz "analiz nasıl gidiyor, Mösyö X nasıllar?" oluyor. Cécile bu konuda bizden bir adım ileride.

Geçen yaz tatilinde analistiyle mektuplaştılar ve rüyasında sürekli onunla evlendiğini görüyor! Nathalie, Cécile ve benim için analistlerimiz hayatımızın tuzu biberi. Onlar olmasa aramızda konuşacak konu bulmakta epey zorluk çekecektik doğrusu...

54

Bende kesinlikle gizli kapaklı bir iş yapma becerisi yok. Dün gece internetteki mesajlarımı okurken Mikail yanıma geldi ve analistime hediye aldığımı öğrendi. Ne vardı bunu dünya aleme ilân edecek, arkadaşıma mail yazarken biraz olsun dilimi tutamaz mıydım? Zavallı Mikail yıkıldı, yine onu analistimle aldattığımla ilgili, fanteziler kurmaya başladı. Onun bu halini görünce kendimi öylesine suçlu hissetmeye başladım ki, söyleyecek kelime bulamadım. Beni kıskanmasını haksız bulmuyor da değildim. Birden kendimden çok utandım. İstediği her şeyi elde etmek için türlü şımarıklıklar yapan küçük bir çocuğa benzediğimi düşündüm. Bütün bu yaptıklarım, olgunluktan ne kadar uzak olduğumun kanıtıydı.

Mikail geceyi kanapede yatarak geçirdi. Oysa beni kollarına alıp uyutmasına öylesine alışmıştım ki! Bu sabah yanına gittiğimde bütün masumiyetiyle, mahzun bir biçimde yüzüme bakarak, "Beni aldatmaya karar verirsen haberim olsun oldu mu?" dedi. Bu sözü bana çok dokundu. Eğilip şefkatle gözlerini, yanaklarını, dudaklarını öptüm ve "olur, söz," diye cevap verdim.

55

Bugünlerde hayatımda fazla hareket oldu, yoruldum. Küçük kapalı kutu yaşamıma çok fazla olay ve hayat hikâyesi girdi. Özellikle Noel'i birlikte geçirdiğim arkadaşım Valérie'nin kuzeni Magalie'nin öyküsü beni çok etkiledi. Magalie, kırklı yaşlarda, hayatı boyunca anne ve babasının himayesinde yaşamış bir kadınmış. Oturdukları köyde sonunda küçük bir işi de olmuş, ama işinin kapısına kadar hep onu babası götürüp getiriyormuş. Çocukluğundan beri kafasına tek başına bir hayat kuramayacağı kazınmış. Valérie'nin kızı dedi ki, "Ona, içinde bulunduğu durumu anlaması ve bundan kurtulmasına yardımcı olmak için bir kitap hediye etsek?" Aklıma hemen Jerzy Kosinski'nin *Being There*[27]'i geldi. Bahçesinden dışarı hiç çıkmamış olan bahçıvanın öyküsü, belki de Magalie'yi kendine getirebilirdi.

Bu kadının yaşam öyküsüne duyduğum ilgi, bana kendi hayatımı düşündürmesinden kaynaklanıyor olabilir. Eninde sonunda ben de dünyaya kapılarını kapamış, kendi küçük bahçesinde yaşayan biri değil miyim? Hem dışarıyı bilmem, orada yaşamayı becerebileceğim anlamına gelmiyor.

56

2003'ün ilk gününde Mikail'le evde sereserpe yatıyoruz. Mikail son zamanlarda tek satır şiir yazmıyor. Elinde televizyon kumandasıyla bütün gün yataktan çıkmıyor. Her gün kendine yeni bir hastalık yaratıyor. Bu haliyle huysuz ve depresif bir hipokondiriyağa döndü. Acaba ona yeterince sevgi gösteremediğim için mi bu duruma düştü diye sormadan edemiyorum kendime. Biliyorum ki psikanalistime hediye verme işi onu çok sarstı. Ne yapacağımı şaşırdım. Sabahtan akşama kadar televizyonun karşısında uyukluyor. Artık müptelası olduğu Fashion TV'deki manken kızlara ve maçlara bile doğru dürüst bakmıyor. Onun için kaygılanıyorum.

Yılbaşında bile evden çıkmak istemedi. Bir şişe şampanya aldık ve televizyonun karşısındaki kanepeye kurularak *La Violon Rouge*[28] filmini seyrettik. Filmin hikâyesi çok dokunaklıydı. 1600'lü yılların sonunda yaşayan bir keman ustasının karısı doğum yaparken ölüyor. Bunun üzerine usta, karısını ebediyen yaşatmak için, yaptığı kemanı, onun saçlarından ve kanından elde ettiği bir vernikle boyuyor. Böylece müthiş tınılı bir keman ortaya çıkıyor ve yüzyıllarca elden ele geçerek günümüze kadar geliyor. Bu hikâye Mikail'i çok duygulandırdı ve zaman zaman gözlerini sulandırdı.

Ardından Fabrice Luchiani'nin oynadığı *La Discrète*[29] filmini izledik. Kadınların sükûtu hayale uğrattığı bir yazar, editörünün önerisi üzerine bir kadının gönlünü çalmaya uğraşıyor. Ancak amaç, elde ettiği anda kadını bırakmak ve olayları kitap olmak üzere bir günlüğe not etmek. Rohmer stili bir filmdi.

Bundan sonra da *Un amour de Borges*[30] adlı, ünlü yazarın hayatından bir kesitin anlatıldığı berbat bir film seyrettik. Borges'i mıymıntı, kekeleyen, sönük bir adam yapmışlar.

Bu filmleri seyrettikten sonra epeyce yorgun düştük. Ben yatağa gidip Mikail'e "Neredeymiş benim prensim?" diye seslenince o da "Geliyorum prensesim," diye cevap verdi ve ikimizi de bir gülme krizi aldı. Mikail, "Arkadaşlarım bu halimi görseler kahkahalara boğulurlardı," diyerek daha da şiddetli gülmeye başlıyor, bir taraftan da yatakta yuvarlanıp duruyordu.

İşte böyle şen danalar gibi kıkırdayıp, tepinerek karşıladık yeni yılı.

57

Yeni yılın dördüncü günü. Bugün kar yağdı. Ağaçların, arabaların, çatıların üstü kar tuttu. Hava kararmaya yüz tutarken Mikail'i kaptığım gibi dışarı çıkardım. Bembeyaz sokaklarda yürüdük bir süre elele. Mahallede in cin top oynuyordu. Üşüyünce küçük bir kafeye girdik, birer kadeh şarap içtik.

Eve döndüğümüzde Mikail bana, sevdiği birkaç şairin kar şiirlerini okudu. Ahmet Muhip Dranas, "Sesin nerede kaldı? Kar içindesin[31]!" derken, Yahya Kemal, "Duydumsa da zevk almadım İslav kederinden[32]," diye fısıldıyordu.

Sonra içlendi Mikail, alamadı hızını, "Yaşlandıkça karamsar şiirler yazmaya başladı," diyerek Yahya Kemal okumaya devam etti:

Ölmek değildir ömrümüzün en feci işi
Müşkül budur ki ölmeden evvel ölür kişi[33]

"Biliyor musun Maya Lâle'ciğim, benim gibi serseri bir yaşam tarzı süren çoğu arkadaşlarım öldüler. Bir ben kaldım. Zaten öldükten sonra yaşıyormuş gibiyim. Büyük bir şiir yazmak ve içine ölen bütün sevdiklerimi koymak istiyorum."

Ne yapacağımı şaşırmış bir biçimde sarıldım Mikail'e, sırtını sıvazladım. Belli ki yeni bir yıla girmek ona dokunmuştu.

Mikail'in bu hüzünlü halini gören Zorro da yattığı yerden kalkıp geldi ve yüzünü yüzüne yaklaştırıp onu öptü, kokladı, kendince teselli etmeye çalıştı.

Zorro dizlerimiz üzerinde, uzunca bir süre birbirimize sarılmış bir şekilde konuşmadan oturup şöminenin alevlerini seyrettik. Sonunda kendimizden geçip, koltukta öylece uyuya kalmışız.

58

Ocak ayının başında Fransa'da oturma kartımı yeniledikten sonra, kardeşimi görmeye, bir haftalığına İstanbul'a gittim Mikail'le. Keşke gitmeseydik ve ben hâlâ Mikail'i bir melek olarak hayal etmeye devam etseydim. Artık benim yumuşak, tatlı, iyi kalpli Mikail'im yok; bütün bunların kafamda yarattığım bir yanılsama olduğunu anladım. Ne yazık!

Olay şu: İstanbul'un uzak bir semtinde tanıdığım bir aile var. Aile dediysem; elli yaşlarında bir adam, kırk yaşlarında erkek kardeşi ve doksan yaşındaki teyzeleri. Ağabey felçli olduğu için hiç evden çıkamıyor, bütün gün bilgisayarın başında. Aslında çok rahat bir Edgar Allan Poe olabilecekken, alkol yüzünden hayatını mahvetmiş. Zaten "Kuzgun" şiirinin çevirmeni, yegâne yapabildiği tek tük çeviriler. Erkek kardeşi ise işini kaybettikten sonra altılı ganyan müptelâsı olmuş. Her sabah gazetelerden at yarışı tahminlerini titizlikle kesiyor, sonra da büyük bir ciddiyetle işe gider gibi kahveye, ganyan oynamaya gidiyor, elindeki üç kuruşu da böyle yitiriyor. Evin bütün işini yaşlı teyze yapıyor. Göremeyen gözleri, tutmayan elleriyle, ne kadar temizlik yapabilirse tabii. Evlerinin her yeri örümcek ağları ve parmak kalınlığında tozlarla kaplı. Bütün gelirleri, ağabeyin emekli maaşı ve teyzenin babasından kalan yetim aylığı. Telefonları çalmaz, evlerine karşı komşularından ve benden başka kimse uğramaz. Tanrı'nın unuttuğu bir yerde yaşıyorlar diyebilirim.

İstanbul'a her gittiğimde yaptığım gibi bu sefer de onları aradım. Ağabey Mehmet, hiç yapmadığı bir şeyi yaptı ve benden bir şey istedi. Teyzesi Mübeccel'le Uludağ'a gitmeyi istiyorlarmış; bu arada teyze, Bursa'da babasının okuduğu Işıklar Lisesi'ni de görmeyi arzuluyormuş, ben onları götürebilir miymişim. Onlara nasıl hayır diyebilirdim ki!

Mikail'den, biraz gezmeye çıkacağımı söyleyerek arabasını ve şoförünü istedim. Gerçeği söylemedim, çünkü Mikail, tanımadığı insanlara arabasını vermek istemeyebilirdi. Hata ettiğimi biliyorum ama, bir kere iyilik yapmayı kafama koymuştum.

Şoförün de anne-babasının köyü yolumuzun üstündeymiş, iş böyle olunca şoför de köyünü göreceğine sevindiği için bizimle işbirliği yaptı, küçük yalanımıza ortak oldu. O da, ben de cep telefonlarımızı kapattık yola çıkarken.

Mehmet Bey de, Mübeccel Hanım da çok mutluydular. Yaşadıkları dört duvarın arasından çıkmak onlara pek nasip olmuyordu. Sislerin arasından Uludağ'a çıktık, tepemizde dolunay vardı. Bir de yolumuzun üzerinde altı yüz yıllık bir çınara rastlayınca iyice keyiflendik. Küçük, salaş dağ evi tipi bir restoranda yemek yedik.

Geç bir saatte Mehmet Bey'leri evlerine bıraktıktan sonra Mikail'i aradım. Bütün gün cep telefonundan bana ve şoföre ulaşmaya çalışmış, kızgınlıktan köpürüyordu. Şoförüyle bu kadar saat ortalıktan kaybolduğum için aklına yanlış şeyler getirdiğini görünce, çareyi doğruyu söylemekte buldum. Ama Mikail beni dinlemiyor, şoförü işten kovacağını, benimle de bir süre konuşmayacağını tekrarlayıp duruyordu. Bu insanların bu geziyi ne kadar yapmak istediğini ve onları mutlu etmiş olmaktan kendisinin de mutlu olması gerektiğini söylediğimde sonunda biraz yumuşar gibi oldu. "Aslında çok sürrealist bir seyahat, bir çınar ağacı görmek ve yemek yemek için o kadar yolu tepmişsiniz. Bundan çok güzel film olur. Keşke söyleseydin bu kadar istediklerini," dedi.

Ama içimde bir şeyler kırılmıştı. Benim tanıdığım Mikail mala mülke önem vermezdi ve yardıma muhtaç olanların hep arkasındaydı. Artık aramızda hiçbir şey eskisi gibi olmayacak. Orhan Pamuk ***Benim Adım Kırmızı***'da "Yalnız aptallar masum olabilir," diyor. Acaba ben aptal mıyım?

59

Evden çıktım, yağmurun altında Edgar Quinet'ye doğru yürüdüm. Sanki biraz yürüyünce sıkıntım azalacaktı. Café de la Liberté'ye oturdum. Bu halimle içki bana yaramazdı, bir kahve söyledim. Mikail'e kırgındım İstanbul'da olanlar için. Ama en çok da kızgındım. Bıraksaydı ben onu hâlâ bir melek olarak hayal etmeye devam etseydim. Ne olurdu sevdiğim Mikail'i benden çalmasaydı. Buna oyunbozanlık derler.

Kardeşimin bana hediye ettiği kaligrafi seti yanımda: Küçük bir divit, küçük bir mürekkep ve küçük kâğıtlar. Ama içimden yazmak gelmiyor. Mikail, "Bırak günlük tutmayı, uzun bir hikâye yaz," dedi. Bana aramızda hiçbir şey geçmemiş gibi davranıyor. En berbatı da bu. Hiç olmazsa bir özür dileseydi. Döndüğünde onunla konuşur muyum bilmem.

Yan masadaki adamlar hararetli hararetli iş konuşuyorlar. Birbirlerine e-mail adresleri veriyorlar, sürekli cep telefonları çalıyor. Bunun haricinde ikili gruplar halinde oturan insanlar kahvelerini yudumlayarak sohbet ediyor, alkolikler ise barın etrafında toplanmış içiyorlar. Her zamanki gibi bir akşamüstü. Etrafta ilginç bir insan görünmüyor. Şöyle düşüncelerimi dağıtacak birisini görseydim de uzun uzun seyretseydim.

Dışarıda yağmur tüm hızıyla devam ediyor, burada huzur bulamadım, belki en iyisi çıkıp biraz yürüyüp, başka bir kafeye demir atmak.

Raspail'la, Montparnasse Bulvarı'nın kesiştiği köşede bulunan Café Gymnase'a geldim. Burası müzmin alkoliklerin kafesidir. Sabahın erken saatlerinden itibaren barın etrafına kurulurlar. Ama bu akşamüstü bu kafe çok kalabalık; öğrenciler, turistler, gazetesini, kitabını okuyanlar doldurmuş Gymnase'ı. Bütün amacım barda konuşulanlara kulak misafiri olmaktı, ama gürültüden ne konuştuklarını duyamıyorum maalesef.

İçkiden bahsediyorlar galiba. Birisi geçenlerde iki şişe çok güzel St. Emilion içtiğini söyledi. Diğeri, "Artık daha az içiyorum," dedi. Yeni bir müdavim geldi bara, oradakilerle öpüştü. Eğleniyorlar kendi aralarında, gülüşüp duruyorlar.

Burada da aradığımı bulamadım. Belki mahalleye dönüp oradaki kafelerden birine giderim.

Bizim mahallede, Armorique Sokağı'ndaki Chez Pierrot'dayım. Burada bütün masalar bomboş, yalnızca bardaki müdavimler var. On-on iki kişi kadarlar. Yüksek sesle konuşup gülüyorlar. Bu kafenin sahibi de, barmeni de kadın. O yüzden bana daha sıcak geliyor.

Chez Pierrot'ya ne zaman gelsem, barın haricinde içerisi bomboştur. Hep en dipteki masaya gidip oturur, yarı karanlıkta yazarım. Onlara garip geliyor olmalıyım, neden bu kıyıda köşede kalmış kafeye yazmak için geldiğimi bir türlü kestiremiyorlardır herhalde.

Futboldan konuşuyorlar. Birbirlerine roze şarap ikram ediyorlar. Bazıları gitmeye başladı. Burası erken kapanan bir kafe olsa gerek. Ben de yavaş yavaş gitsem iyi olacak. Hava karardı. Oturduğum yerde ışık da yanmadığı için, yazdıklarımı göremiyorum. Kahvem bitti, "suze" bardağına koydukları suyum bitti. Suze, bitkilerden yapılan bir tür likör. Bu içkiyi ilk defa Mikail'le içmiştim. Şu anda suze bardağını görmek bile beni sinirlendiriyor.

Herkes gitti, ben de gidiyorum.

60

Nathalie, analistine gitmeden önce Alésia'daki Zeyer Kafe'de buluşup birer kahve içtik. Yüzümden düşen bin parçaydı, ağzımı bıçak açmıyordu. Nathalie'den ayrıldıktan sonra yürüyerek Daguerre Sokağı'na geldim. Satıcılar müşteri çekmek için "İki keçi peyniri üç euro, üç kutu çilek beş euro, haydi hediye bunlar, kalmasın!" diye bağırıp duruyorlar. Balıkçılar, manavlar, peynirciler, kasaplar, şarap kavları ve çiçekçilerle burası tam bir panayır yeri gibi. İnsanlar ellerinde fileleri gelip geçiyor, çocuklar ağlıyor, koşuyor. Ben ise hiçbir şey düşünmemeye çalışıyorum.

61

Paris'te nadiren görülen kış güneşlerinden biri... Café de la Mairie'deyim, yüzüme vuran ışıktan gözlerimi açamıyorum. Ne garip, sanki hava bana moral vermek için açtı! Kafenin terası insan kaynıyor.

Le Monde'u satan çocuk geldi. Gazeteyi eliyle havaya kaldırıp, "Tamam, tamam, beklenen oldu," diyor. Yanımda oturan adamlar bu söz üzerine şakalaşıyorlar: "Ne tamam, ne oldu, St. Germain'deki kiliseyi yıkıp yerine cami mi yapacaklar?"

Az sonra psikanalistimle randevum var. Mikail'le olan ilişkimi düşünüyorum, hayatımı düşünüyorum. Gözlerim güneşten mi, yoksa sürdüğüm rimelden mi bilmiyorum, fena yaşarıyor. İnsanlar beni ağlıyor zannedecekler. Yanımdaki masaya bebekli bir aile geldi. Bazen bana "Çocuk yapmayı düşünüyor musun?" diye soruyorlar. Ben de "Bu işi normal insanlara bırakmak lâzım," diye cevap veriyorum.

Garson koşturuyor. Boşalan yerlerin yerine sürekli yeni insanlar gelip oturuyor. Sanki köşe kapmaca oynuyor herkes. Öğle vakti, daha çok yemek yiyen var. İtalyanca, İspanyolca konuşmalar duyuyorum. Turist olmalılar. Haritalarına bakıp gidecekleri yerleri tayin ediyorlar. Bir de alışveriş çılgınları var. Şimdi ucuzluk zamanı; ellerinde torbalar, paketlerle yorgunluk atmak için perişan bir şekilde giriyorlar kafeden içeri. Yandaki bebek ağlıyor, babası onu kucağına aldı. Şimdi sustu. İsmi Lea'ymış, ilk defa bir kafeye geliyormuş.

Gözlerimin yaşarması geçti. Randevuma yetişmek için birazdan kalkmalıyım. Krok mösyöler de çok iştah açıcı duruyor doğrusu ve kocaman salatalar. Bir kadeh Bordeaux içiyorum, yemek yemeğe vaktim de param da yok şu anda. Güzel bir öğle. Artık kalkmalıyım.

62

Kardeşimin hediye ettiği küçük diviti çıkardım paketinden. Böyle yazmak çok zahmetli, diviti sürekli mürekkebe batırmak zorunda kalıyor insan. Ama olsun, yazma işini biraz daha romantikleştiren bu ayin hoşuma gidiyor. Şu anda kendimi on dokuzuncu yüzyılda, Venedik'te, penceresi küçük kanallardan birine bakan bir evde, mum ışığında yazıyor olarak düşleyebilirim. Ya da daha iyisi, on sekizinci yüzyılda, İsviçre'de, Rousseau'nun Bienne Gölü'nün ortasındaki adası St. Pierre'de olabilirim şu anda. Umarım bir gün oraya gitmek, Rousseau'nun hayatının iki ayını geçirdiği yeri görüp, yazdığı ortamı solumak bana nasip olacak.

Dün psikanalistimde ilk kez hüngür hüngür ağladım. Randevuya gittiğimde konuya hemen girmemek için, "Bu öğlen çok güzel bir güneş vardı. Café de la Mairie'ye gidip biraz oturdum," dedim. O da, "Bu içki içtiğiniz anlamına mı geliyor?" diye sordu. Şaşırmıştım, böyle bir karşılık beklemiyordum. "Evet, iki kadeh Bordeaux içtim," cevabını verdim. Birden sanki ne yaptığımı bilerek bir yerime dokunmuştu analistim. Ellerimi yüzüme kapatıp, on beş dakika kadar, belki de daha fazla ağladım. Bir yanda da, "Kimsenin beni ağlarken görmesinden hoşlanmam," diyordum. Analistim ben sakinleşene kadar sessizce bekledi. Çok nazikti, bana masanın üzerinde duran kâğıt mendilden bile ikram etti. Sonra ona İstanbul'da olanı biteni, Mikail'in beni ne kadar kırdığını anlattım. İlk defa ona Mikail hakkında olumsuz bir şey anlatıyordum. Seans bitmeden önce ona İstanbul'dan getirdiğim küçük camdan bir Kızkulesi verdim. Ve kulenin hikâyesini anlattım: Krala kızının bir yılan tarafından sokularak öldürüleceği söyleniyor ve kral da Kızkulesi'ni onararak kızını buraya yerleştiriyor. Ancak kaderin cilvesi bu ki, prenses kuleye gönderilen bir üzüm sepetinden çıkan yılan tarafından sokularak ölüyor.

Çocukluğumdan beri bu efsane ve Kızkulesi beni çok etkilemiştir. Bu küçük cam bibloyu analistime getirmem boşuna olmasa gerek. Belki de bana Mikail'le olan ilişkimi düşündürtüyordur bu hikâye, kim bilir. Ne de olsa, ben bir anlamda Mikail'in benim için yaptırdığı fildişi kulede yaşamıyor muyum?

Analistimden çıktıktan sonra Rennes Sokağı'na yürüdüm. Bir "suze!"(Mikail peşimi bırakmıyor, içtiğim içkide bile o var) ve iki bira içerek eve geldim. Saat, akşamüstü dört civarıydı, midem bulanıyor ve başım dönüyordu. Sabahtan beri bir şey yememiştim. Hemen bir-iki lokma atıştırdım ve yattım. Bu sabah uyandığımda saat dokuza geliyordu. Nasıl bir uykuysa bu tam on beş saat uyumuşum. Halet-i ruhiyemin pek yerinde olmadığı, kendimi uykuya vermemden hemen anlaşılıyor.

Mikail telefona "canım, sevgilim, ruhum," diye mesaj bırakmış. Bu sefer ona mektup yazmayacağım.

63

Annemin en büyük hayali, bir gün kızkardeşim ve benimle beraber, Isadora Duncan'ın yaptığı gibi Yunan tapınağı yavrusu bir yerde yaşamak. Duncan'ın hayatını anlatan kitabı okuduğundan beri aklının bir köşesinde bu var.

Biz küçükken, kızkardeşimi ve beni bıktırana kadar Zülfü Livaneli dinlerdi evde. İstanbul'a bu gidişimde, Kızkulesi dönüşü, üçümüz birlikte şarap içerek dinledik Livaneli'yi. Annem şaşırdı, "Bir gün üçümüzün birlikte zevk alarak bu müziği dinleyeceğimizi hiç düşünmüyordum," dedi.

Çok gerçekçi görünmesine karşılık, böyle romantik, naif bir tarafı vardır annemin. Kızkulesi seyahatimizden, orada etrafımızı çevreleyen Boğaz'ın büyülü maviliğinden o da çok etkilenmişti.

Paris'te yağmurlu, karanlık, soğuk bir Pazar günü. Benim aklım ve kalbim hâlâ İstanbul'da anlaşılan. Vivaldi'nin ***Stabat Mater***'ini dinliyorum. Zorro da sanki keyfi yokmuş gibi, bir koltuğa büzüşmüş uyuyor. Sigara içmemeye çalıştığım için çenemi acıtana kadar çiğnediğim çikletle pek zavallı bir haldeyim.

Şimdi Schütz dinliyorum. Mikail, Schütz'ü çok sever. Galiba yumuşuyorum ona karşı. Bu yaptığını onaylıyorum anlamına gelmiyor. Ama biliyorum ki onun da çocuksu, heyecanlı ve biraz da huysuz, aksi bir tarafı var. Mikail'e öylesine alıştım ki yokluğunu derinden hissediyorum.

Bu yağmurlu pazar da düşüncelere gömülmüş pinekleyerek geçti. Erkenden yatacağım. Kütüphanede Mikail'e ait Raymond de Saint Laurent'ın ***Konuşma Sanatı*** adında çok komik bir kitabını buldum. İçinde gevezeler, bilgiçler, kendini beğenmişler, dedikoducular, kalp kırıcılar, boşboğazlar ve bin bir türlü tipleme var. Bunu okuyarak uyuyacağım.

64

Bugün evde kütüphaneyi toplarken bir kutunun içinden yırtık pırtık, yer yer yapıştırılmış bir gazete parçası çıktı. Bu Mikail'in bana altı yıl önce verdiği bir Ahmet Haşim şiiriydi. Bu şiiri ezbere bilir Mikail, arada sırada da bana okur:

Ne sen,
Ne ben,
Ne de hüsnünde toplanan bu mesâ,
Ne de âlâm-ı fikre bir mersa
Olan bu mâî deniz,
Melâli anlamıyan nesle âşinâ değiliz.
Sana yalnız bir ince taze kadın,
Bana yalnızca eski bir budala
Diyen bugünkü beşer,
Bu sefil iştihâ, bu kirli nazar,
Bulamaz sende bende bir ma'nâ,
Ne bu akşamda bir gam-ı nermîn,
Ne de durgun denizde bir muğber
Lerze-i istitâr ü istiğna.[34]

Şiirin bu parçasını özellikle çok seviyorum. Mikail bana ilk okuduğunda içindeki eski Türkçe kelimelerden dolayı tam anlayamamıştım. Sonra sözlüğe bakınca mısraların güzelliğini, inceliğini kavradım.

Mikail'i sevmemek, ona kızmak mümkün mü şimdi? Gel de onu bağrına basma! Aşkın tarifi, eğer varsa, olsa olsa Mikail olabilir. Bölünmüş, parçalanmış, ikiliklerle dolu hayatımdaki tek "tam" olan Mikail. Onsuz ne yaparım ben? Onun eseriyim, ancak onunla varım. Ama hayatım onu beklemekle geçiyor. Olsun, geçsin. Yaşamımın sonuna dek bir odada oturup onu beklemeye razıyım. Mikail, varlığım benim.

65

Mikail'in hediye ettiği, kırmızı, siyah ciltli, çizgili deftere başladım bugün. Çizgili deftere yazmayı pek tercih etmem, ama olsun, Mikail'in defteri bu.

Dışarısı kar, çamur, hava müthiş soğuk. Isınabilmek için üzerime Mikail'in yün ropdöşambrını giydim. Değişiklik olsun diye klasik müzik yerine, nostaljik İngilizce şarkılar CD'sini koydum. Babamın, "cenaze müziği" dediği klasik müzikten biraz olsun kurtulayım diye, bu CD'yi kendi elleriyle doldurup hediye etmişti bana. İçinde Johny Tillotson'dan *Poetry in Motion*, The Drifters'tan *Stand by Me*, Eric Burdon&The Animals'dan *The House of the Rising Sun*, Brian Hyland'dan *Sealed With a Kiss*, Trini Lopez'den *Lemon Tree*, Pete Seeger'dan *Where Have All the Flowers Gone* gibi şarkılar var. Bir de Elvis'in *Love Me Tender*'ı söylediği ilk radyo programının kaydı var ki müthiş. Genç kızlar çığlık çığlığa bağırıyor, sahneye çıkmak istiyorlar ve sonunda Elvis, bu izdihamdan ötürü, güç belâ radyoevinin arka kapısından çıkarılıyor.

Çoğu 50'li, 60'lı yıllardan kalan bu şarkıları dinleyerek de pek modern olduğum söylenemez. Yine çağdışı ve nostaljik kalıyorum her zamanki gibi.

Başımda, iki kaşımın ortasında korkunç bir ağrı var. Aksilikler birbirini kovalıyor yine bugünlerde. Yatak odamızda nemi hâlâ kurumadığı için iki yıldır yaptıramadığım bir duvar var. Tamirci mi beni aldatıyor bilmiyorum, bu duvarın iki yıldır kurumamasında bir anormallik var. Telefon başında bir sigortayı, bir ev sahibini, bir tamircileri aramaktan perişan oldum. Neden hep ortadan kaybolan tamirciler beni buluyor, anlamıyorum. Koskoca Paris'te şu duvarı tamir edecek, beni bu dertten kurtaracak kimse yok mu yani! Bu tip pis işleri Mikail'in bana bırakmasından nefret ediyorum. Başım çok ağrıyor.

Babaannemin şarkısı, Dean Martin'in *Volare*'si çalıyor şimdi. Ne diye babam bu şarkıyı CD'ye koydu ki! Babaannemi iyi haliyle hatırlamak istiyorum ben, ölmeden önceki son halini belleğimden uzaklaştırmak için aylardır insanüstü bir gayret gösteriyorum. O can çekişen kadavra gibi yüz, o inlemeler, "korkuyorum!" feryatları -neden korktuğunu hiçbir zaman anlayamadık, bilinci yerinde değildi, Alzheimer hastasıydı ama yüzüne o dehşet ifadesini veren ölüm karşısında duyduğu korku muydu acaba? Öyleyse ölmekte olmak korkunç bir şey. Tekrar ediyorum, birden alıp götüren ölümü istiyorum.

Oh başım! Geçenlerde bir Çinli kızdan öğrendiğim jimnastik hareketini yapsam geçer mi acaba? Ayakların hafif aralık, yirmi kere oturup kalkıyorsun.

Zorro geldi, defterimin tam üzerine oturdu. O da fazla düştü bugünlerde bana, bir saniye rahat yok. Aslında memnun olmam gerekir, beni bırakmayan bir o var. Mikail sürekli beni bırakıp gidiyor. Artık yalnız başına bir odada kalmanın sınırlarını zorluyorum.

Hay aksi, midem de bulanmaya başladı. ***Stand by Me*** çalıyor. Zaten ben hayatımda başka bir şey yapmadım ki, hep bekledim. Bugün her zamankinden fazla terk edilmiş hissediyorum kendimi. Kalkıp bir yerlere gitmek, bir kadeh içmek de istemiyorum. Hiçbir şey yapmak, hiç kimseyi görmek de içimden gelmiyor. Analizin de artık bir işe yarayıp yaramadığından emin değilim. Geçen gün analistime seansları niye haftada ikiden bire indirdiğini sorduğumda: "Haftada iki seansın sizin için iyi olmayacağını düşündüm," diye cevap verdi. Bu lâfı çok yıllar başka birisinden, başka bir bağlamda duymuştum. Sevgilimdi, bir akşam yemeğe çıkmak üzere sözleşmiştik. Gelmedi. Bir dahaki karşılaşmamızda, gelmemesinin nedenini "Bunun senin için iyi olmayacağını düşündüğümden dolayı," diye açıkladı. Bu sözü yıllar sonra analistimden bile olsa duymak çok rahatsız edici. Analistim eğer onu haftada iki kere görmemin iyi olmayacağını düşünüyorsa, bir kere görmek de iyi değil demektir. Hemen bir analist arayışına girişeceğim. Hayatımın birçok safhasını bu analiz esnasında tekrar yaşadım. Sanırım artık bu kadar yeter, artık daha fazla transfer istemiyorum.

Gerçi arkadaşlarla konuşacak konu azalacak. Nathalie'nin yeni analizi oldukça fırtınalı geçiyor. Nathalie analistini çok duyarlı ve entelektüel buluyor ve bunun ona fazla geldiğinin söylüyor. Bugünlerde analizinden başkaca bir konudan konuştuğumuz yok. Cécile'e gelince, onun durumu biraz özel ve değişik. Analisti emekliye ayrıldı ve günlük hayatta görüşmeye karar verdiler. Çok nadir rastlanan bir durum bu, bakalım neler olacak, merakla bu hikâyenin devamını bekliyorum.

Midem de başım da bir felâket. Cenaze müziklerime, Bach'ın çello süitlerine döndüm yine. Zorro beni rahat bırakmamaya devam ediyor, kuyruğu defterimin üzerinde. Şimdi de bir anlık kalkmamdan faydalanarak sandalyeme oturdu.

En iyisi yatağa uzanıp, müzik dinleyerek uyumaya çalışmak galiba. Belli ki bugün benim için iyi bir gün değil.

66

Hastalık yakamı bırakmıyor. Soğuklarda ince giyinmişim galiba, üzerimde bir kırıklık var. Vanilyalı çay içip, portakallı ve çikolatalı bisküvi yiyerek kendimi avutmaya çalışıyorum. Ne fena içinde yaşama sevincini hissedememek, sürekli hastalıklı, biraz da yaralı ve kırılgan bir şekilde dolaşmak bu dünya yüzünde.

Bugün İstanbul'daki Edgar Allan Poe kılıklı arkadaşım Mehmet Bey'den bir mail geldi. Cemal Süreya'nın *Tristram* adlı yirmi dizelik şiirini yeniden düzenleyerek altı dizeye indirmiş. Bu tip gereksiz işlerle uğraşacağına, kendi şiirini yazsa belki hali başka olurdu, bu kadar öfke dolu ve kırgın olmazdı dünyaya belki. Ama bu saatten sonra artık yapacak bir şey yok ne yazık ki, hem kelin merhemi olsa başına sürermiş, herkes kendi cehennemini kendi seçip yaratıyor.

Mehmet Bey, "Tristram böyle daha güzel oldu," diye ısrar ediyor. Örnek olarak da Orhan Veli'nin, Necati Cumalı'nın yirmi sekiz dizelik bir şiirini altı-yedi dizeye indirip: "Bak şimdi çok iyi oldu," demesini gösteriyor. Cumalı, Veli'nin tavsiyesine uyarak şiirini öyle yayımlamış. Mehmet Bey de, Süreya'nın *Tristram* şiirinin kendisi tarafından düzenlenmiş halini yazdıklarımın bir yerine katmamı rica etti benden. "Yeni Tristram" şöyle olmuş:

Yazıldı yalnızlığın yuvarlak masasına
Aldandı Papadanmış gibi gelen mektuba
Sevgiyi tutundurmak için belki de
Fin dilinde gelecek zaman yok diye
Tek şövalye bırakıp kendinden üstün
Geçirdi mızrağını içinden bir flütün

Benim yazdıklarımı destekleyen, bir Mehmet Bey, bir de şair Z.N. var. Gerçi Z.N'ye yazdıklarımdan sadece bir bölümü okuttum, en iyisini. Diğerlerini beğenmez diye göstermeye çekindim. Okuduğu kadarıyla çağdaş Alman yazarı Sebald'dan bir şeyler buldu bende.

Bilmiyorlar ki korkuyorum çocuksu, naif ve gülünç olmaktan. Bana kalırsa yazdıklarımın yüzde doksan dokuzu işe yaramaz. Benimkisi bir aylak ve yarı deli karalaması.

Sanki dokunsalar öleceğim. Nasıl bitkinim, nasıl dermansız. Tek yakın arkadaşım Nathalie'yle, sürekli psikanalizlerimizle ilgili konuşmaktan da yoruldum. Bu arada analistime olan kızgınlığım geçti, yeni birisini aramaktan şimdilik vazgeçtim. Her şeye sıfırdan başlayacak gücüm yok. Bana çok iyi gelmediğini düşünsem de, elim ona mahkûm.

Son günlerde sokaklarda yalnızca çirkin ve kötü şeyleri görüyorum nedense. Geçenlerde Nathalie'yle Pompidou'ya, Roland Barthes sergisine gidecek olduk. Aksilik bu ya müze o gün kapalıymış. Yolda uğradığım kafenin barında, upuzun, simsiyah tırnakları kıvrılmış bir kadın -muhtemelen bir *clochard*- bira içiyordu. Birden yanı başımda kusmaya başladı. Az sonra hiçbir şey olmamış gibi elinin tersiyle ağzındaki kusmukları silip birasını içmeye devam etti. Bu manzara beni mahvetti, belki de bu nedenle midem kaç gündür berbat.

Mehmet Bey'e geçenlerde, "Ben de Jean-Jacques Rousseau gibi, yazdıklarımda ruhumun barometresini ölçmek istiyorum," demiştim. Evet, benim için hayattaki en önemli şey bu, ruhumun iniş-çıkışlarını, kıpırtılarını dinlemek.

67

Günlerden cumartesi. Soğuğa rağmen sokaklar kalabalık. Avenue du Maine'de, Montparnasse Garı'nın karşısında bir kafede oturuyorum. Sağımda bir buz pateni sahası var. Kafenin camından kayanları görebiliyorum. Buz pateni bana hep, beraberinde bir özgürlük hissi yaşatan, insanı hafifleten ve mutluluk veren bir spor olarak görünmüştür.

Flipper oynayanların gürültüsü beni rahatsız ediyor. Sevimsiz bir kafe burası zaten. Etrafta, tatil günlerini sinemaya giderek değerlendirmek için *Pariscope*'a bakan ya da yürürken yorulup da bir kahve içmek isteyen suratsız müşteriler var. Önümden vızır vızır arabalar geçiyor. Zaten bugün günümde değilim. Dün bir ara mutlu olur gibi olmuştum. Bir arkadaş beni Tschann kitapçısının patronlarıyla tanıştırmıştı. Ancak bu aralar adama ihtiyaçları yokmuş. Bir iş çıkarsa beni arayacaklarmış. Anlaşılan çaresiz yine bu serseri hayata devam edeceğim.

Zaten ben ne kadar sisteme girmeye çabalasam da, bir şeyler ters gidiyor, sonunda yine kurulu düzenin dışında buluyorum kendimi.

Geçenlerde yine bizim metrodaki *clochard*'ı gördüm. Yırtık pırtık battaniyesini kafasının tepesine kadar çekmiş uyumaya çalışıyordu günün ortasında. Yanına yaklaşıp, "Afedersiniz, size bir yastık, birkaç giysi getirmemi ister misiniz?" diye sordum. Dişsiz ağzını aralayıp, gözlerini açarak bana baktı. Bir şey söyleyecek sandım. Ama ağzından tek kelime çıkmadı. "Pardon, sizi rahatsız ettim," diyerek uzaklaştım yanından. Onlar da çarkın dışında kaldıklarından olsa gerek, gitgide daha yakın hissediyorum kendimi *clochard*'lara. Kim bilir, belki bir gün ben de birisi bana bir şey sorduğunda cevap veremeyecek, kendimi ifade etmekten aciz kalacağım.

68

Mikail döndü. Onun tekrar yanımda olması beni rahatlattı. Günde on iki saat uyuduğumu görünce meraklandı. "Hasta olmayasın," diyor. Aslında onun durumu da benden pek farklı değil, gün boyunca sürekli uyuklayıp duruyor. Zorro, Mikail ve ben, uyuyan güzel gibi biteviye derin bir uykudayız.

Bu akşamüstü onu evde bir bıraktım, kitaplarımı toplayıp dışarı çıktım. Eski *Le Monde*'un yanındaki kafedeyim yine. Birkaç gündür, Fitzgerald'ın *Geceler Güzeldir*'ini okuyordum. Ama bu kitap beni kesmemiş olmalı ki, evden çıkarken kütüphaneye şöyle bir baktım ve Cioran'ları çantama doldurup çıktım. ***Les inconvénients d'être né***[35], ***Les cimes du désespoir***[36] ve 1966'da tuttuğu İbiza günlüğü ***Le cahier de Talamanca***[37]'yı karıştırıyorum.

Düşünüyorum da benim kötümserliğim Cioran kadar yoğun değil herhalde. ***Umutsuzluğun Doruklarında***'yı, yirmi iki yaşında Transilvanya'da yazmış. Otuz üç yaşında koskoca bir kadın olarak buluğ çağından yeni çıkmış bir gencin yakınmalarını okumak için oldukça yaşlıyım aslında. Ama kitapta, yalnızlıktan, ölümden, delilikten, melankoliden, acıdan, hüzünden bahsediyor ki Cioran, bu da beni oldukça ilgilendiriyor. En çok "Talamanca Defteri"nde yazdığı bazı bölümler benimle örtüşüyor. Demiş ki Cioran: "Bin, on bin, yüz bin okuyucusu olmakla, tek bir okuyucusu olmak ya da beş kıtanın tüm okuyucularına sahip olmak arasındaki fark nedir?" Doğrusu hepsi aynı kapıya çıkar, eğer sizi hakkıyla okuyan tek bir okuyucu bulabiliyorsanız, bu yeter de artar bile. Birden fazla okuyucuya sahip olmak, toplumda bir yer edinmek anlamına gelir ki, bir yazarın amacı bu olmamalı.

"Uzun zaman düşündüm ve şu sonuca vardım ki benim dramım, herkes gibi yaşamayı istemek ama bunu başarmakta yetersiz kalmak, bunu başaramamakta yatıyor," demiş yine *Talamanca Defteri*'nde. İşte bu bana tıpatıp uyuyor. Hep herkes gibi olmayı istedim ve bunu her başaramadığımda da müthiş bir ümitsizliğe gömüldüm. Oysa başarısızlıklardan ders çıkarmayı bilmeli. Şöyle diyor Cioran: "Kendini başarısızlığa ada, bu seni hiçbir şekilde üzmesin, hayatının anlamının burada yattığını düşün. Hatta daha da ileri git, bu başarısızlıktan bir başarı çıkar, kendi başarını."

Oysa benim başarısızlıktan tek çıkarabildiğim can sıkıntısı. Bununla ilgili de güzel bir lafı var Cioran'ın: "Hiçbir şey üzerine konsantre olamıyorum, çünkü her şey canımı sıkıyor, beni dağıtıyor, parçalıyor. Sonuçta birçok şeyle ilgileniyorum, ama hiçbirinde sonuna dek gidemiyorum, belki bir tek can sıkıntısı hariç." Çok doğru, tek uzmanlık alanım can sıkıntısı. Bu paragraf hislerime tercüman oluyor.

Bir başka hoşuma giden bölümse şu: "En iyisi kendini anlamaya çalışmamak, kendi varlığının anahtarını ve kaderinin formülünü kendine vermemek. Bırakalım bunu başkaları bulsun, eğer aramaya değer görüyorlarsa." Sanırım ben de kendi varlığımın anahtarını aramaktan vazgeçtiğim gün rahata ereceğim ancak.

Cioran, "Yalnızca çocuklar ve deliler yalan söylemeyi beceremez," demiş. Ben çocuk olmadığıma göre şüphesiz deliler sınıfına giriyorum.

Hava kararmaya başladı. Sigara dumanı çıksın diye yanımdaki camı açtılar, içerisi soğudu. Cioran okumayı bıraktım. Çok hoş bir caz çalıyor. Müşterilerden birinin çocuklarıyla bir köpek, kafenin içinde oradan oraya koşturuyor. Arkamda birbirine sarılmış iki sevgili oturuyor. Barda iki müdavim var. Barmaid, bir yandan müziğin ritmine ayak uydurarak bir yandan da çalan parçayı mırıldanarak bardakları yıkıyor. Her ne kadar yeryüzünde kaybolan cenneti bulamasam da, hayat şu anda gözüme güzel görünüyor. Cioran'ı umutsuzluğuyla başbaşa bırakıyorum.

69

Dün karanlıklara gömülüp Cioran okumamda Mikail'in payı yok desem yalan olur. Bana bir yazar olmak için yaşımın geçmekte olduğunu söylediğinde paniğe kapıldım ve derin bir umutsuzluğa gömüldüm sanırım. Doğruyu söylemek gerekirse, ben de artık kendime inanmaktan vazgeçtiğim bir dönemdeyim. Otuz beş yaş ilk eserini yayımlamak için sınır ve ben tam otuz üç buçuk yaşındayım.

Yirmili yaşların başında yazıp yazıp bir köşeye attığım kâğıtlar, Dostoyevski'nin *Yeraltından Notlar*'ından ya da Beckett'in *Malone Ölüyor*'undan veya Hesse'nin *Bozkırkurdu*'ndan izler taşıyordu. Bugünse ne yazdığımı artık ben de bilmiyorum. Keyfe keder, aklıma geldikçe bir şeyler karalıyorum işte.

Psikanalize başlayalı neredeyse dört yıl oluyor, ama bende hâlâ bir yaratıcılık belirtisi yok. Oysa ne kadar ümitliydim ilk başlarda...

Belki de yazı benim için sadece duygusal bir boşalım aracıdır. Peki yazamazsam ne olur? Bunu bazen büyük bir olgunlukla kabul ediyorum, bazen de yaşam sanki benim için orada bitiyor.

Yazamazsam belki ben de modaya uyar; defterlerimi, kalemlerimi, divitlerimi, hokkalarımı, yazı masamı sergileyerek enstalasyon sanatçısı olurum veya defterimle kalemime ip bağlayarak sokakta dolaştırır performans yaparım. Şaka bir yana yazamamak tabii ki bana koyuyor.

70

Az önce analizden seans bitmeden çıktım, çünkü çok kötü sigara kokuyordum ve bu koku rahat düşünüp konuşmamı engelliyordu. Analistim her zamanki tavrıyla, "Gitmek istemenizin nedeninin sigara kokmanız olduğundan emin misiniz?" diye sordu. Tabii ki eminim, kokulara karşı çok hassasım, bazen yaz aylarında analistime gittiğimde havada kesif bir ter kokusu olduğunda da aklım karışıyor, ne diyeceğimi unutuyorum.

Analistimin yanından ayrılıp, sokakta yürümeye başladığımda halim çok komikti. Her tarafımı kokluyordum. Eve gidince ilk işim üzerimdeki her şeyi çamaşır makinesine atmak olacak.

Bugünlerde Nathalie'yle durumumuz aklımı kurcalıyor. Dün bir kafede oturuyorduk. Nathalie konuşmaya başladı:

"Bu analiz beni çok düşündürüyor ve yoruyor. Çocukluğumu, annemle, ablamla olan ilişkimi hatırlıyorum. Annem ablamın güzelliğini kıskanırdı ve bana onunla ilgili bir sürü berbat şey söylerdi. O zaman çok küçüktüm, bir şey anlamıyordum tabii. Bütün bunların su yüzüne çıkması iyi değil mi? Kendimizi anlayıp ilerlememizi, daha iyi bir hayat kurmamızı sağlayacak, öyle değil mi?"

"Tabii, şüphesiz."

"Sonra Johnny ile olan ilişkim, bundan analistime bahsetmem çok iyi değil mi? Böylece ona annelik etmekten vazgeçeceğim, onun için kaygılanmayacağım herhalde yakında."

"Hımm, tabii."

"Artık dayanamıyorum. On gündür görüşmüyoruz, bu gece küçük bir restoranda yemek yiyelim dedim, kabul etmedi. Bütün arkadaşlarını küstürdü, evden dışarı çıkmak istemiyor. Onun bir paranoyak olduğunu kabullenmeye başlasam iyi olacak. İki sanatçının bir arada olması çok zor değil mi? Sen de bilirsin."

"Evet zor. Ama Johnny'nin dışarı çıkmak istememesinin nedeni belki de parasızlıktır. Uzun zamandır bir sergi açmadı ve sürekli sen ona maddi destek veriyorsun."

"Ama yıllardır bu böyle. Yok onun bir paranoyak olduğunu kabul etmem lâzım. Hem önemli olan yaratmak. Ben analistimin yaratıcılığımı körükleyeceğine eminim. Çok ince, çok derin... Belki de benim için fazla entelektüel. Ama analize devam edip güçlü kadınlar olacağız, yaratacağız, hayatımızı baştan kuracağız değil mi Maya Lâle?"

"Evet öyle, şüphesiz, tabii ki."

İşte Nathalie'yle olan konuşmalarımızın özeti. Sorularına hep "şüphesiz, evet, tabii ki," diye cevap vermeme rağmen, ben artık bu masala inanmıyorum. Analizin bizi daha güçlü kuvvetli kılacağına, içinde bulunduğumuz durumdan sıyrılıp yeni hayatlar kuracağımıza ihtimal vermiyorum. Nathalie'yi Paris'e geldiğimden beri, sekiz yıldır tanıyorum. Yakında ellisine basacak, ben de yakında otuz beş olacağım. Bu zaman zarfında hayatımızda, birer okul diploması almaktan başka değişiklik olmadı. Ne o yirmi yıldır çalıştığı işini terk edip, ressam olarak Paris'te kendini kabul ettirdi, ne ben işe yarar tek satır yazabildim. Hayatımız eski tas, eski hamam devam ediyor. Konuşmalarımızdaki en küçük bir ayrıntı bile değişmedi. İşte zavallılığımız burada başlıyor. Hayatımız boyunca iki küçük nevrotik olarak kalmak değişmez kaderimiz.

71

Bugün Nathalie'yle Malévitch sergisini gezdik. Suprématie dönemine ait çok az eser vardı, pek memnun kalmadık sergiden. Sonra Palais de Tokyo'nun kafesine gittik. Yerdeki renkli çiçeklerle bezeli muşamba bir zamanlar eser olarak sergileniyordu, şimdiyse kafenin dekorunun bir parçası olmuş. Tavandan uzun iplerle sarkıtılan Japon fenerleriyle gözüme hoş göründü burası. Oysa Palais de Tokyo'nun içinde sergilenen "iş"ler zerre kadar ilgimi çekmiyor. Günümüz sanatından anlamayan arkaik bir orman kaçkınıyım ben.

Nathalie'nin ressam sevgilisiyle başı her zamanki gibi dertteydi. Uzun uzun bundan konuştuk.

Nathalie'den ayrıldıktan sonra mahalleye dönüp, soluğu Grillon Kafe'de aldım. Bugün Beatles çalıyor burada; *"She loves you yeah yeah yeah..."* Mikail'i düşünmeye başladım. Geçen hafta sevgililer gününde elli bir tane pembe gül ve kırmızı kalp bir mumla dikilmişti yatağımın başucuna. Okumakta olduğum Scott Fitzgerald'dan etkilenmiş olacağım ki ona Ritz'in barında bir içki içmeyi önerdim. Ama Mikail, Ritz'in çok değiştiğini, Lutetia'nın barına gitmenin daha keyifli olacağını söyledi. Öyle yaptık. Ardından Maubert'de, Grand Degrès Sokağı'nda hoş bir restoranda yemek yedik.

Mikail'in bana karşı çelişkili bir yaklaşımı var zannediyorum. Bir yandan beni yerlere göklere koyamazken, diğer yandan yerden yere vuruyor. Geçenlerde Cécile'le birlikteyken, patlamasına çok az kalan Irak Savaşı'ndan ve bunun Türkiye'ye ve dünyaya yapacağı ekonomik etkilerden bahsedecek oldu Mikail. Ben de bu konudaki düşüncelerimi söylemeye kalkınca lâfı ağzıma tıkadı: "Ne politikadan, ne ekonomiden anlarsın, takip de etmezsin.

Bilmediğin konular üstüne konuşma. Sen zaten bulutların üzerinde yaşıyorsun, dünyadan haberin yok!"

Kız arkadaşımın yanında böylesine bir tepkiyle karşılaşmaktan rahatsız olmuştum. Üstelik aynı gecede, Mikail bunu bir defa değil, birkaç defa yapmıştı. Kocasının himayesindeki gariban bir ev kadını gibi hissetmiştim kendimi. Mikail, bir olay olduğunda, dakikasında bunu unutur. Ama ben tıpkı kediler gibi, bana yapılan bir şeyi asla unutmam. Hem düşünüyorum bu fildişi kulede dünyadan uzak yaşamak daha ne kadar sürecek? Mikail'in hayalini doktoramı tamamlayıp üniversitede hoca olarak kalmam süslüyor. Ama bu haylazlık ve aylaklıkla bunu becerebilecek miyim ya da gerçekten bunu istiyor muyum, bilmiyorum. Zaten günün on iki saatini yatakta geçiriyorum, geri kalan on iki saatte de şaşkın ördekler gibi ortalıklarda dolaşıyorum. Psikanalizin şimdiye kadar bana şu faydası oldu: Eski semptom kayboldu. Ama yerine yenisi geldi. Sanırım artık aklımı kaybetmekten korkmuyorum, yeni korkum *clochard* olmak. İçimde öyle bir his var ki, sanki Mikail beni bu kadar koruyup, kollamasa sokaklara düşeceğim.

72

Donduručü soğuk dünden beri geçti. Bugün dışarıda insanın içini ısıtan sımsıcak bir güneş var.

Mikail geçenlerde eve okumadığım bir Hesse getirmiş: *Narziss ve Goldmund*. Goldmund'un manastırdan, göçebe hayatına, oradan da yaratıcılığa giden macerasını ve rahip Narziss'le olan sevgi dolu dostluğunu, büyük bir merakla, biraz da bir yeniyetme heyecanıyla okudum. Değil mi ki benim oluşum yıllarım hâlâ devam ediyor (ya da ben kendimi böyle kandırıyorum), bir göçebe gibi kendi yolumu arıyorum, bu hiç de küçük sayılmayacak yaşıma rağmen. İnsanın kendine kulak vermesi, kendi iç sesini dinlemesi en zor iş. Çoğu kez yeldeğirmenlerine karşı savaşan Don Kişot durumuna düşebiliyor. Kimseye kulak asmadan kendi bildiğin yolda ilerlemek... Bunu büyük ölçüde Mikail'den öğrendim. Onunla karşılaştığım ilk zamanlarda dünya nasıl da korkutup yıldırmış bir durumdaydı beni. Ormanda yönünü şaşırmış küçük bir çocuk gibi korku ve kaygı içindeydim. Hayata yeniden güvenle bakmayı Mikail'den öğrendim. O benim Pygmalion'um. İçimdeki yaratıcı gücü bulup çıkarmaya ve bir cevher gibi bunu işlemeye hep teşvik etti beni. Bazen ona hak ettiği sevgiyi veremediğimi düşünüp kendime kızıyorum.

Düşünüyorum ki Mikail'le tutkuyu dengeli bir sevgiye dönüştürebildik. En azından benim açımdan bu böyle. Tutkunun delilikle, akıl dışılıkla baş başa yürüdüğünü sanıyorum. Bugün analistimle bu konu üzerine konuştum. Eskiden delice tutkular yaşamaya çok meyilli bir kişiydim. Sanırım analiz sayesinde bu delice tutku eğilimimi dizginledim. Tutkuyu analiz dahilinde yaşadığı, adeta laboratuar incelemesine aldığı zaman, ne demek olduğunun farkına varıyor insan. Gerçek yaşamdaki her şeyi sapına kadar analiz seanslarında yaşayıp, bunun altından kalkabiliyorsan, iyileşmiyorsun ama o semptomla yaşamayı öğreniyorsun. Tutku, aşkın ayrılmaz bir parçası olduğu için aşka bakışım da değişti. Aşkı hastalıklar sınıfına sokuyorum şimdilerde. En iyisi güçlü bir sevgi ve dostluk üzerine kurulan ilişki. Mikail ve ben bunu başardık sanıyorum. Ama bu arada birbirimize olan bağlılığın dozunu biraz kaçırdık. Şimdi yapmamız gereken, bu bağlılık artı, bağımlılık sorununu çözmeye çalışmak.

Bugün analistimi güldürmeyi becerdim. "Özürlüleri topluma kazandırmak için özel bir merkez biliyor musunuz?" diye sordum. Analistim, "Söz konusu özürlü kim?" deyince "Ben," diye cevap verdim. Birden gülmeye başladı. Bugünkü seans olumlu geçti sanırım.

73

Ellerim, ayaklarım buz gibi. Schütz'ün *Requiem*'i çalıyor. Önümdeki boşalmış mürekkep kartuşlarına bakıyorum. Masamın üzerinde, ne demek istediğini pek anlamadığım post-modern bir kitap duruyor. Belli ki kültürlü, iyi niyetli biri yazan. Aşktan, şairlikten, melankoliden bahsetmek istediği anlaşılıyor. Ama öylesine akademik bir şekilde yapmış ki bunu; ortaya şiirler, denemeler, öykülerle, Antik Yunan, on sekizinci yüzyıl ve günümüz yazınını birbirine karıştıran, ne demek istediği anlaşılmayan; kuru, yavan, bir kitap çıkmış. Ben yazıda basitliği, sadeliği seviyorum. Ama aynı zamanda da derinliği ve duyarlığı.

Mikail yanıma geldi, beni çalışma odasına müzik dinlemeye çağırıyor. Paris'in göbeğinde, Türk Sanat Müziği koyuyoruz teybe. Dede Efendi'ler, Hacı Arif Bey'ler, Selâhattin Pınar'lar... "Her yerde sen, her şeyde sen, bilmem ki nasıl söylesem..." Bir tuhaf oluyor Mikail Türk Sanat Müziği dinlerken; içleniyor, gözleri dalıyor. Bu müziği de bana sevdiren o. Ne kadar Batı kültürüyle haşır neşir olsak da, bizim hislerimize tercüman olanın bu müzik olduğunu düşünüyorum. Hüzün, hasret, aşk, sıla özlemi başka türlü dile gelip, insanı can evinden vuruyor Türk müziğinde. Sonuçta bizim hikâyemiz bu.

Mikail'in elleri ellerimde, gözlerimiz hafif nemli, dinliyoruz. Onun duyarlığını ne çok sevdiğimi düşünüyorum.

Pencereden bakıyorum. Ağacın dallarına takılmış olan naylon torba dolunay gibi görünüyor. İçime bir ılıklık, bir huzur yayılıyor. Az sonra Mikail beni yatağa götürüyor. Başımı omuzuna dayıyorum, birbirimize sarılıp uyuyoruz, Zorro ayağımızın ucunda.

74

Bu sabah kahvemi içerken, okumak için kütüphaneden rasgele bir kitap seçtim: Maurice Blanchot'nun *La folie du jour*[38]'unu. Sonra gazete almaya çıktığımda öğrendim ki Blanchot, dört gün önce sessiz sedasız, doksan beş yaşında yaşama veda etmiş. Yaşarken münzevî bir hayat sürdüğü için, ölümünü basına iletmek için cenazesinin kalkmasını beklemiş yakınları. Öyle kapalı kutu bir hayat sürmüş ki gazetelerdeki fotoğrafı bile 1929'dan kalma, Levinas'la çektirdiği bir fotoğraf. Bende iki kitabı daha vardı: *Espace littéraire*[39] ve *Le livre à venir*[40]. Blanchot; Kafka, Proust, Mallarmé, Hesse, Rilke gibi pek çok sevdiğim yazar hakkında yazmış. *Le livre à venir*'de Charles du Bos'tan günlükler hakkında şu alıntıyı yapmış: "Günlük benim için özünde yazma eylemine karşı duyulan umutsuzluğun nihaî kurtarıcısıdır". Biraz daha ileride de Amiel'in şu sözlerini alıntılamış: "Günlük, sıfırın sıfır üzerine düşünmesidir."

Tıpkı psikanalizden ümidi kestiğim gibi, günlük yazmanın da bir yarar sağlayacağından ümidi kesmiş durumdayım. Aklıma gelen her şeyi, birbirinden kopuk bir şekilde, kâğıda çiziktirerek nereye varabilirim ki? Artık tek bir gerçek satır yazma umudum bile yok. Çok şehirler gördüm, çok insanlar tanıdım, çok şeyler yaşadım, aşkı, acıyı, umutsuzluğu tattım, çok olmasa bile birazcık okudum ama bunlar meyva veremedi, tıkandım kaldım. Sonunda kabuğuna çekilmiş bir aylak olup çıktım. O da her mahallenin aylağı değil. Biraz nostalji, biraz "*saudade*" içinde yaşayan bir Montparnasse ve St. Germain aylağıyım olsa olsa.

Çok aşklar yaşadım; sonunda anladım ki ben aslında aşk mefhumuna aşığım. Bir mektuplaşmayla başlayan

Madame Hanska-Balzac ilişkisi kadar hoş bir aşk olabilir mi? Vakti zamanında, Mikail'le karşılaşmadan önce, bu tip mektup aşkları yaratmaya çalışmıştım. Sakarlığım, beceriksizliğim ve her şeyi yüzüme gözüme bulaştırmam nedeniyle asla romantik bir mektup arkadaşı bulamadım. Sanırım Rousseau'nun *Nouvelle Héloïse*[41]'ı gibi, Julie'yle Saint-Preux'nün hikâyesi tarzında bir mektup roman yazmayı çok isterdim veya daha doğrusu modern bir *Portekizli'nin Mektupları*[42] yazmak bana daha çok uyardı. Kimbilir belki bir gün böyle bir şey yazmaya girişirim.

Mikail'in kızmayacağını bilsem bu aralar çılgınca bir şey yapmak istiyorum. Yıllardır gazetede *Bel Espoir* adında bir geminin ilânları çıkıyor, miço arıyorlar. Geçenlerde bu ilân yine çıktı. Öylesine arzuladım ki bu gemiye binip birkaç aylığına denize açılmayı. İlânı kesip sakladım, kimbilir belki bir gün bir cesaret eder ve gerçekten bu işe girişirim diye. Deniz benim için, alabildiğine bir özgürlük (özgür insan, daima seveceksin denizi!), bir mavilik, dilediğince kapanıp yazabilmek anlamını taşıyor. Demek dünyayla arama koyduğum mesafe yetmiyor, dahasına ihtiyacım var. Bütün sorumluluklardan kurtulmak ve uzaklara yelken açmak. Benim gibi, bir mahalle öteye bile gitmekte zorlanan biri için gerçekleştirilmesi oldukça güç bir macera.

75

Mikail nefis bir kitap verdi bana okumam için: Blanchot'nun *Arrêt de mort*'u. O ne sadelik, ne vuruculuk. Ne bir sözcük eksik, ne bir sözcük fazla, her şey yerli yerinde. Ne kadar zor bunu yakalamak yazıda. Fazlalıklardan kurtulmak ve tam bir arılığa kavuşmak, tamı tamına demek istediğini söylemek. Sartre *Sözcükler*'de yakalamıştır bunu. Acaba doğru mu, Sartre'ın dediği gibi "ancak çıkışsız noktada pis bir lağım faresi gibi yazdığımız"da mı gerçek edebiyat yapmış oluruz? Ama bütün bunların ne önemi var? Mümkün müdür, henüz hiçbir gerçek ve önemli olay görülmemiş, bilinmemiş, söylenmemiş olsun? Sanmıyorum. Öyleyse niye ısrar ediyorum yazamayacaklarımı yazmakta?

Bu düşüncelerle Grillon'a geldiğimde her zamanki yerimin dolu olduğunu gördüm. Umutsuzca baktım yerime oturanlara, sonunda köşedeki ışık almayan karanlık masaya gitmek zorunda kaldım. İnsan alışkanlıklarından vazgeçmekte zorlanıyor. Sanki o masa benim masamdı ve hep benim gelmemi bekliyordu. Hayal kırıklığına uğratmıştı beni.

Mikail haftaya gidiyor. İçim sıkılıyor. Pencereden, dışarıdan geçen arabaları, insanları görüyorum. Her şeyde bir ayrılık. İçimdeki sıkıntının, geçmeyecek bir sıkıntı olduğu hissi.

Hafif çakırkeyifim, bu da hoşuma gidiyor. Kelimelerin yetersizliği... Susmayı tercih ediyorum, kafamda bin bir tilki. Yazamayacak kadar başım dönüyor. Yazım kargacık burgacıklaşıyor. Defterimi kalemimi toplayıp gitmek istiyorum; kırmızı, siyah ciltli defter yazılarla dolmaya başlamışken.

76

Bahar gibi güzel bir gün. Edgar Quinet Meydanı'nda, bir kafenin terasında oturuyorum. Güneş gözüme vuruyor. Kapkaranlık koca bir kıştan sonra, insanın ruhu aydınlanıyor güneşi görünce. Boş bir yer bulabilmek için kafenin önünde sırada bekliyor insanlar. Bir çocuk balonla oynuyor, yanımdaki adam havanın güzelliğinden istifade edeceği yerde, yarım saattir cep telefonuyla konuşuyor. Ne yazık, Mikail evde çalışıyor. İki gün sonra gidecek, bitirmesi gereken çok iş var. Onun da yanımda olmasını isterdim.

Terasta boş yer bulamayanlar kös kös gidiyor. Kimileri ise inatla bekleyerek "kalk" dermiş gibi içeceklerini bitirmiş olanların gözlerinin içine bakıyor. Ben yer bulabilen şanslılardanım. Olabildiğince bunun keyfini çıkarmaya çalışacağım. Ilık bir rüzgâr, yüzümü yalayıp geçiyor. Karşıma almışım Montparnasse Mezarlığı'nı, bütün sevgili dostlar yanı başımda. Kahvemden bir yudum alıp, gelene geçene bakıyorum.

77

Bugün hava güzel; umurumda değil. Kıpırdamak istemiyorum. Hah tam da üstüne bastım. Hareket kabiliyetimi kısıtlaya kısıtlaya sonunda bir katatoniğe dönüşeceğim galiba. Elimden gelse hiçbir şey yapmayacağım. Yataktan çıkmayacağım, yemek yemeyeceğim, konuşmayacağım, yazmayacağım. Bir gün oturduğum yerde öylece donup kalırsam hiç şaşmam. Sonuç böyle olmuyorsa kendimi henüz bırakmadığımdandır. Ama bugün, yarın, her an yaşamaktan vazgeçebilirim. Artık günlük tutmayı bırakmak üzereyim. Bu işin manasızlığı beni sıkıyor. Hem sonu nereye varacak ki. Sayfalar dolusu iç sıkıntısı, bunaltı... Defteri, kalemi alıp sokak sokak sürtmeler boşuna. Hep vakit geçsin, içimdeki sıkıntı biraz gitsin diye, başka bir şeyden değil. Bu yanlış akortlu kemanın artık susması gerek. Madem uyumsuz insan olmuş, çeksin gitsin, kimseyi de boşu boşuna rahatsız etmesin. Her şeyi yarım bu insanın; aylaklığı yarım, alkolikliği yarım, yazma sevdası yarım, aşkı yarım... Tutunamamış işte, biçâre zavallı, yazılarında narsisistik yaralarıyla oynayıp duruyor. (Sokaktan geçen bir adam, çakmağımı istedi. Sonra da "Ne kadar hoşsunuz," dedi. Garip kılıklı serserinin biriydi. Bak gördün mü işte doğru dürüst biri olsa yüzüme bile bakmazdı!)

Eski yıkıcılığımın tekrar su yüzüne çıktığını hissediyorum. Bir şey için çalışıp çabalayıp, onu elde etmeye ramak kala, her şeyi alaşağı ederdim eskiden. Tam bu pis huyum biraz düzeliyor diyordum ki, "tekrar bu eski çıban baş verdi". Başarısızlığa, yıkıma doğru itiyorum kendimi yeniden.

Ya Mikail, Mikail ne olur ben kendimi bırakırsam? Mahvolur, buna dayanamaz. Kendimle birlikte onu da yok etmiş olurum. Pis bencil, kendinden başka kimseyi düşünmedin ki sen hayatta. Sanıyorsun ki bir tek sen acı çekiyorsun yeryüzünde. Seni sevenleri bir bir kaçırıyorsun yanından, bir Mikail çekiyor seni yıllardır. Şimdi onu da kaçırmak istiyorsun. Küçük aptal. Sen iyilikten, güzellikten ne anlarsın!

Mikail gitme ne olur, iyileşeceğim, yine eskisi gibi olacağım. Beni kollarına alıp bana şiirler okuyacaksın. Büyülü bir masal dünyasında yaşayacağız yine. Öyle değil mi? Beni bırakmayacaksın, bana sahip çıkacaksın yine değil mi?

Düşüyorum. Başım dönüyor, etrafta gürültüler, insan sesleri, konuşmalar. Savaştan bahsediyorlar galiba. Irak Savaşı sonunda patlamış. "Özgürlük Operasyonu" gibi bir şeyler duyuyorum.

Hep bir ağızdan konuşuyorlar, uğultuları kulağımı sağır edecek neredeyse. Kaçıp kurtulmak istiyorum ama kımıldayamıyorum, olduğum yere mıhlandım sanki. Bu bir kâbus mu, yoksa gerçek mi?

Garson geldi, "Ne arzu edersiniz?" diye soruyor. "Bir kahve lütfen," dedim. Ama garson hâlâ yüzüme, soran bir ifadeyle bakıyor. "Bir kahve lütfen," diye tekrar ediyorum ama nafile, sesim çıkmıyor. Garson beni sağır dilsiz zannetti. Gülümseyerek gitti ve bir meyve suyu getirdi.

Saatler geçti, kıpırdayamıyorum, önümdeki meyve suyu öylece duruyor. Etrafıma meraklı bir insan kalabalığı toplandı. Kimisi acıyarak, kimisi merakla, kimisi şaşkınlıkla yüzüme bakıyor. Ben kıpırdayamıyorum. Şu anda neye benzediğimi hayal edemiyorum.

Bir cankurtaran geldi. İçinden çıkan adamlar kalabalığı yararak bana doğru yaklaşıyorlar. Şimdi yanımdalar.

Dördü birden beni zorla kaldırdılar. Arabaya götürüyorlar. Artık derin bir sükûnet içindeyim. Duyduğum uğultular, gürültüler kayboldu. İçimden bir ses sürekli

le poète impuissant qui maudit son génie
À travers un désert stérile de douleurs[43]

deyip duruyor bozuk plak gibi.

Araba durdu. Geldik galiba. Kapılar açıldı, yine dördü birden beni güçlükle kaldırıp bir odaya götürdüler. Oturduğum için yatağa yatıramadılar, ancak bir sandalyeye yerleştirebildiler. Gittiler. Dört beyaz duvar; küçük, demir parmaklıklı bir pencere. Aklımdan ne geçtiğini kimse bilemeyecek artık.

Paris, 1999-2003

Maya Lale'nin öyküsünün, yazarın yayımlanmasını düşünmediği bir başka sonu daha var. Yazarın izniyle bu sonu da yayımlıyoruz.

77

Yataktayım. Orhan Pamuk'un *Kara Kitap*'ını okuyorum. Galip, yazarak ve okuyarak bir başkasına dönüşebilmişti Celâl'e. İki benliği arasındaki savaşta gerçek "ben"ini bulmuştu. Bense, okumalarım ve yazmalarım arasında kayboldum, kimliğim parçalandı, bölündü, dağıldı.

Beyoğlu'nda Kılımbım Bar'dayım. Yanımda bir konsomatris, müşterisi ve genç bir gazeteci oturuyor. Onlara Galip'in hikâyesini anlatıyorum: Evde kendisini bir Albertine beklediğine inandıran, daha da ötesi, Proust'la özdeşleşen ama hayalleri, bir gazetecinin köşesinde hikâyesini anlatmasıyla yıkılan ve sessizce ölüp giden yaşlı adamın hikâyesini, bir de kedisini. Gülüyorlar.

"Ha Ayşe, ha Albertine, ne fark eder. Adam, kadın kıtlığından çıldırıp okuduğu romanların kahramanına âşık olmuş. Her erkek, kendisini evde bekleyen bir kadın ister. Böyle yabancı isimler uydurup kafa karıştırmaya gerek yok. Sen şükret ki kadın hayâl olduğu için uçup gitmiş, bir de gerçek olsaydı ve adam kendisini aldattı diye karısını doğrasaydı, ha, daha mı iyi olurdu? Aman canım, suya sabuna dokunmayan bir hikâye bu, sen de bize yutturmaya çalışıyorsun," dediler.

Hiç şaşırmıyorum bu sözlere çünkü bu insanlardan Proust'u okumuş olmalarını, Albertine'i bilmelerini bekleyemem. Ama yine de sarsılıyorum. Sanki gülüp alay ederek, hikâyedeki yaşlı adamın değil, benim hayallerimi yıkmışlar gibi. O sırada omuzuma bir el dokunuyor: "Haydi çok yoruldunuz, gidelim" diyor. "Peki ama siz kimsiniz?" diye soruyorum. "Ben Galip" diyor *Kara Kitap*'tan izinli olarak ayrıldım ve size rehberlik etmeye geldim." Şaşırıyorum. İlk defa bir roman kahramanıyla karşı karşıyayım, biraz da hüsran var işin içinde. Galip, tıpkı Kara Kitap'taki gibi silik, belirsiz birisi. Etkileyici bir fiziği de yok. Yine de heyecandan tir tir titreyerek ardına düşüyorum. Kılımbım Bar'dan çıkıp İstiklâl Caddesi'ne çıkıyoruz ve Galatasaray Lisesi'nin arka sokaklarında kayboluyoruz. Galip hiç konuşmuyor. Herhalde beni Bedii Usta'nın manken atölyesine veya hayattaki en önemli sorunun insanın kendisi olabilmesi ya da olamaması olduğunu düşünen şehzadeye götürecek diye düşünüyorum. Tam bu sırada karşımızda karanlıkta bir sarhoş beliriyor. Üstüme üstüme geliyor. Küt diye bana çarpıyor. Omuzlarımdan tutup beni sarsıyor. Bu sırada Galip beni korumak için parmağını kıpırdatmıyor, öylece büyülenmiş gibi duruyor. Bana çarpan sarhoşun güzel, meleksi bir yüzü var. Ama o yuvarlak saf mavi gözler, yüzüne düşen sarışın buklelerin arkasında rahatsız edici bir şey var. Belki de sırıtışı ona yakışmıyor. Bu güzel yüz hatlarına sanki yapıştırılmış, sonradan eklenmiş gibi. İfadesine şeytanî bir anlam katıyor. Ben böyle kendimden geçmiş bir şekilde ona bakarken üstüme abanıp:

"Beni tanımadın mı? Sen ki Tanpınar'ın Mümtaz'ını estet entelektüel diye bağrına basıp, çocuk gibi seversin, hatta biraz kendini onun yerine koyarsın. Söyle, beni tanımadın mı?"

Korkudan kaskatı "hayır" dercesine başımı salladım.

"Tanımazsın tabii. Bana bu kadar benzediğin için kendinden korkarsın. Oysa sana ilişkin tüm gerçekleri biliyorum ben. Sen de benim gibi Beethoven eşliğinde intihara teşebbüs ettin. Belki opus *132 La Minör Kuartet*'le değil, *Ay Işığı Sonatı*'yla, ama Beethoven'la. Beni hep hor gördün, bana acıdın Tanpınar'ın *Huzur*'unu okurken. Ama bunlar bana ne kadar benzediğini bildiğin içindi. Bak bakalım, Mümtaz'dan, Mümtaz'ın dünyasından geriye ne kaldı. Sıfır, elde var sıfır. Oysa benim özlemini çektiğim yeni insan doğdu. Şu etrafına bak, her şey modern, her şey batılı. Sen de sapına kadar batılısın. Bir doğulu senin çektiğin acıları çekmezdi. Batı edebiyatı senin ciğerlerine işlemiş. Şu haline bak, psikanalizden medet umuyorsun. Oysa kocanın dediği gibi doğu kültüründe analiz manaliz, günah çıkarma yoktur. Galip denen şu cibiliyetsiz herifi bırak, benimle gel. Ben seni o çok beğendiğin ve sevdiğin Mümtaz'a da götürürüm istersen. Ama seni türk roman kahramanları kesmez biliyorum. Haydi Maya Lâle inan bana, seni huzura kavuşturacağım, bitecek ikiliklerin. Gel. Benim seni götüreceğim yerde çeşmelerden şampanya akıyor, havuzlar şarap dolu. İçersin, istediğin kadar içersin ve suçluluk duymazsın. ***Sessiz Ev***'deki Faruk da orada, beraber içersiniz, onu alaturka buluyorsan sana batılı bir içki arkadaşı da buluruz. Médoc, St. Emilion, St. Julien, Château Margaux, her türlü Bordeaux ve sevdiğin batılı roman kahramanları; Roquentin, Mersault, Malte Laurids, Prens Mişkin... Herkes orada. Herkese seni takdim edeceğim. Kraliçeler gibi yaşayacaksın, ne dersin? Hatta istediğin romanlarda sana figüranlık bile ayarlayabilirim. Kitaptan kitaba gezersin. Bıkana kadar Rousseau'nun St. Pierre Adası'nda yaşarsın, sonra ver elini St. Petersburg Prens Mişkin'le bol bol sohbet edersin, üstelik sana abayı yakacağından da eminim. Bak bütün bunlara burun kıvırıyorsan, sana herkese yapmayacağım bir teklifi yapacağım. Bu seni sevdiğim için, bir elmanın iki yarısı gibi birbirimizi tamamladığımız için. Öyle ilişkilerim var ki senin için bir roman yazdırıp seni başkahraman yapabilirim. Ha ne diyorsun buna? Zaten bu dünyayı sevmiyorsun, buraya ait değilsin, kocan da hep söylüyor ya. Sonu hazin de bitse bir roman kahramanı olmak daha iyi değil mi? Hem bir kere bir romana girdin mi, diğer romanlar arasında serbest dolaşım hakkı kazanıyorsun belli dönemlerde. Hatta ve bu da son kıyağım, kahramanı olacağın romanı istersen kendin de yazabilirsin. Roman bittiğinde de satırların arasında kaybolursun. Ama yok, bu kadar zahmete katlanamam diyorsan, o zaman az bir paraya bu işi yapacak çok adam var. Geçim derdi çeken yazar roman kahramanları var, onlara yaptırırız. Şöyle bol romanslı Clèves Prensesi gibi bir şey çekeriz sana. Yakışır da ha! Haydi gel Maya Lâle'ciğim. Bırak bu silik sünepe Galip'i."

Tanrım Suat, karşımdaki Suat, Tanpınar'ın Suat'ı. Üstüme öylesine abanmış ki neredeyse beni boğacak. Silkiniyorum, soğukkanlılığımı korumaya çalışıyorum, kendi kendime "bu bir halüsinasyon, geçecek," diyorum. Ama bir yandan da bana sunduğu dünyanın cazibesine kapılmadan edemiyorum. Kıpırdayamıyorum. Kurşun gibi ağırım. Başım dönüyor. Suat bana sırıtmaya devam ediyor. Sonra göz kapaklarım ağırlaşıyor. Kah *Kara Kitap*'ın satırları, kah Suat'ın yüzü...

78

Bugün hava güzel; umurumda değil. Kıpırdamak istemiyorum. Hah tam da üstüne bastım. Hareket kabiliyetimi kısıtlaya kısıtlaya sonunda bir katatoniğe dönüşeceğim galiba. Elimden gelse hiçbir şey yapmayacağım. Yataktan çıkmayacağım, yemek yemeyeceğim, konuşmayacağım, yazmayacağım. Bir gün oturduğum yerde öylece donup kalırsam hiç şaşmam. Sonuç böyle olmuyorsa kendimi henüz bırakmadığımdandır. Ama bugün, yarın, her an yaşamaktan vazgeçebilirim. Artık günlük tutmayı bırakmak üzereyim. Bu işin mânâsızlığı beni sıkıyor. Hem sonu nereye varacak ki. Sayfalar dolusu iç sıkıntısı, bunaltı... Defteri, kalemi alıp sokak sokak sürtmeler boşuna. Hep vakit geçsin diye, içimdeki sıkıntı biraz gitsin diye, başka bir şeyden değil. Bu yanlış akortlu kemanın artık susması gerek. Madem uyumsuz insan olmuş, çeksin gitsin, kimseyi de boşu boşuna rahatsız etmesin. Her şeyi yarım bu insanın; aylaklığı yarım, alkolikliği yarım, yazma sevdası yarım, aşkı yarım... Tutunamamış işte, bîçare zavallı, yazılarında narsisistik yaralarıyla oynayıp duruyor. (Sokaktan geçen bir adam, çakmağımı istedi. Sonra da "Ne kadar hoşsunuz," dedi. Garip kılıklı serserinin biriydi. Bak gördün mü işte, doğru dürüst biri olsa yüzüme bile bakmazdı!)

Eski yıkıcılığımın tekrar su yüzüne çıktığını hissediyorum. Bir şey için çalışıp, çabalayıp, onu elde etmeye ramak kala, her şeyi alaşağı ederdim eskiden. Tam bu pis huyum biraz düzeliyor diyordum ki, tekrar bu eski çıban baş verdi. Başarısızlığa, yıkıma doğru itiyorum kendimi yeniden.

Ya Mikail, Mikail ne olur ben kendimi bırakırsam? Mahvolur, buna dayanamaz. Kendimle birlikte onu da yok etmiş olurum. Pis bencil, kendinden başka kimseyi düşünmedin ki sen hayatta. Sanıyorsun ki bir tek sen acı çekiyorsun yeryüzünde. Seni sevenleri bir bir kaçırıyorsun yanından, bir Mikail çekiyor seni yıllardır. Şimdi onu da kaçırmak istiyorsun. Küçük aptal. Sen iyilikten, güzellikten ne anlarsın!

Mikail gitme ne olur, iyileşeceğim, yine eskisi gibi olacağım. Beni kollarına alıp bana şiirler okuyacaksın. Büyülü bir masal dünyasında yaşayacağız yine. Öyle değil mi? Beni bırakmayacaksın, bana sahip çıkacaksın yine değil mi?

Düşüyorum. Başım dönüyor, etrafta gürültüler, insan sesleri, konuşmalar. Savaştan bahsediyorlar galiba. Irak Savaşı sonunda patlamış. "Özgürlük Operasyonu" gibi bir şeyler duyuyorum.

Hep bir ağızdan konuşuyorlar, uğultuları kulağımı sağır edecek neredeyse. Kaçıp kurtulmak istiyorum, ama kımıldayamıyorum, olduğum yere mıhlandım sanki. İleride bir köşede Suat duruyor. Sanki "artık benimsin" dermiş gibi sırıtıyor. Bu bir kâbus mu, yoksa gerçek mi?

Garson geldi, "Ne arzu edersiniz?" diye soruyor. "Bir kahve lütfen," dedim. Ama garson hâlâ yüzüme soran bir ifadeyle bakıyor. "Bir kahve lütfen," diye tekrar ediyorum, ama nafile, sesim çıkmıyor. Garson beni sağır dilsiz zannetti. Gülümseyerek gitti ve bir meyve suyu getirdi.

Saatler geçti, kıpırdayamıyorum, önümdeki meyve suyu öylece duruyor. Etrafıma meraklı bir insan kalabalığı toplandı. Kimisi acıyarak, kimisi merakla, kimisi şaşkınlıkla yüzüme bakıyor. Ben kıpırdayamıyorum. Şu anda neye benzediğimi hayal edemiyorum.

Bir cankurtaran geldi. İçinden çıkan adamlar kalabalığı yararak bana doğru yaklaşıyorlar. Şimdi yanımdalar.

Dördü birden beni zorla kaldırdılar. Arabaya götürüyorlar. Artık derin bir sükûnet içindeyim. Duyduğum uğultular, gürültüler kayboldu. İçimden bir ses sürekli

le poète impuissant qui maudit son génie
À travers un désert stérile de douleurs[5]
deyip duruyor bozuk plak gibi.

Araba durdu. Geldik galiba. Kapılar açıldı, yine dördü birden beni güçlükle kaldırıp bir odaya götürdüler. Oturma konumunda olduğum için yatağa yatıramadılar, ancak bir sandalyeye yerleştirebildiler. Gittiler. Dört beyaz duvar; bir küçük, demir parmaklıklı pencere ve yanı başımda Suat. Birlikte küçük pencerenin demir parmaklıkları arasından süzülüp, sonsuz maviliğe doğru uçup gidiyoruz. Aklımdan ne geçtiğini kimse bilemeyecek artık.

Paris, 1999-2003

Dipnotlar:

1 Beni burada barbar addediyorlar, çünkü anlamıyorlar.

2 clochard: Evsiz. Fransa'da işini, evini ve ailesini kaybedip sokakta yaşamaya başlayan insanlar için verilen ad.

3 Gerçek Arkadaş

4 Konuk Kız

5 Baudelaire, *Kötülük Çiçekleri*, Heotontimorumenos şiiri, s.154 157, Çekirdek Yayınevi, Çev. Sait Maden

"Tokat bende, yanak bendedir!
Ölü de ben, öldüren de ben!
Çark ve çarka gerilmiş beden,
Yara bende, bıçak bendedir!
Kendi yüreğimin vampiri,
O büyük sürgünlerdenim ben
Artık bir daha gülemeyen
Hep gülmeye yargılı biri!"

6 Münzevi Yaşam

7 Mektup Roman

8 Başka bir yazarın üslubunu taklit ederek yazmak.

9 Lacan'in konuşmalarında "mathème" kelimesi ilk olarak 4 Kasım 1971'de geçer. "Mathème", Lacan tarafından Claude Levi-Strauss'un "mythème" ve yunancadaki "mathêma" (bilgi) sözcüklerine dayanılarak, anlatılması mümkün olamayan bir çalısmayı aktarmak amacıyla yaratılmıştır. Bu soruya cevap vermek üzere Lacan, "Tractatus"u okuduktan sonra "mathème" kelimesini geliştirmiştir. Lacan'a göre "mathème" psikanaliz teorilerinin anahtarı olan bir tür cebirsel yazı türüdür.

10 Bir Sinir Hastasının Anıları

11 Kurt Adam

12 Sıçan Adam

13 Yaratıcılık ve Yıkıcılık

14 İşsiz Bir Entelektüelin Güncesi

15 Flâneur'ün dişisi. Flâneur: sözlük anlamı "aylak, amaçsızca dolaşan, tembel". Ancak Baudelaire, şairi bir flâneur olarak görmüş ve sözcüğe edebî bir boyut kazandırmıştır. *Paris Sıkıntısı* adlı kitabındaki *Kalabalıklar* adlı nesir şiirinde şöyle der: "Ozan şu eşsiz ayrıcalığın, gönlü istedi mi kendisi, istemedi mi başkası olabil-

menin zevkini çıkarır. Diledi mi herkesin kişiliğine bürünür, kendilerine bir beden arayan, başıboş ruhlar gibi. Yalnız onun için boştur her yer; kimi yerlerin ona kapalı gibi görünmesiyse, onun için girmek çabasına değmediklerindendir."(Tahsin Yücel çevirisi)
1930'lu yıllarda Walter Benjamin, flâneur'ün bu anlamıyla toplumsal yaşamın moderniteyle gelen yeni biçimlerini kapsayan bir anahtar "asfaltta yeşeren kişi" olarak yorumlamıştır: Sokak, "flâneur"ün konutudur. Bir vatandaş dört duvar arasında nasıl kendini evinde hissediyorsa, o da binaların cepheleri arasında aynı duyguyu yaşar. İşyerlerinin parlak, süslü tabelaları onun için burjuvanın duvarlarındaki yağlıboya resimlere eşdeğerde duvar süsleridir. Duvarlar defterlerini dayadığı masası, gazete bayileri kitaplığı, kafelerin terasları işten sonra ev halkını seyrettiği balkonudur." (1938)
Flâneuse (yani kadın flâneur) olamayacağı, çünkü kent sokaklarında yalnız dolaşan bir kadının "bakan" değil "bakılan/nesne" konumunda bulunduğu ileri sürülmüştür. Bu görüş 19. yy ile 20. yy. başı için bir ölçüde geçerli olsa bile, kapitalist ekonomi kenti dönüştürdüğü kadar, kadının kent yaşamındaki kimliğini de dönüştürdüğünden artık flâneuse'lerin de var olduğunu kabul etmek gerekir.
16 Wimbledon Stadı
17 Neredesiniz Polly Maggo?
18 Kimsiniz Polly Magoo?
19 Yanılsamalar Kitabı
20 Dünyanın Tüm Sabahları
21 Bourgogne cinsi bir tür beyaz şarap
22 Bordeaux cinsi bir tür kırmızı şarap
23 Denizlerden
Esen bu ince rüzgâr saçlarınla eğlensin.
Bilsen
Özlem ve gurbet sıkıntısıyla akşam ufkuna bakan
Bu gözlerinle, bu hüznünle sen ne güzelsin!
24 "Sözlerini tuttular... Geçmişe elveda", "Gece bastırdı", "Ernani, uçur beni, kaçır beni", "Öridiçe'mi kaybettim", "Ey öldürücü adam", "İşte: zar zor nefes alıyorum... Ben sizin mütevazi hizmetkârınızım"...
25 Aşka Övgü

26 Psikanalizde eyleme geçiş
27 Bir Yerde
28 Kırmızı Keman, François Girard, 1998
29 Ketum Kadın, Christian Vincent,1990
30 Borges'in Bir Aşkı, Javier Torre,2000
31 Ahmet Muhip Dranas'ın *Kar* adlı şiirinden
32 Yahya Kemal'in *Kar Musikileri* adlı şiirinden
33 Yahya Kemal'in *Düşünce* adlı şiirinden
34 Ahmet Haşim'in "O Belde" adlı şiirinden.
Ne sen,
Ne ben,
Ne de güzelliğinde toplanan bu akşam,
Ne de düşünce acılarına bir liman
Olan bu mavi deniz
İç sıkıntısını anlamayan kuşağa yakın değiliz.
Sana yalnız bir ince genç kadın
Bana yalnızca eski bir budala
Diyen bugünkü insan,
Bu düşük açlık, bu kirli bakış,
Bulamaz sende bende bir anlam,
Ne bu akşamda ince bir kaygı,
Ne de durgun denizde bir gücenik
İçine kapanma ve isteksizlik titreyişi.
35 Doğmuş Olmanın Sakıncaları
36 Umutsuzluğun Doruklarında
37 Talamanca Defteri
38 Günün Deliliği
39 Yazınsal Uzam
40 Gelmekte Olan Kitap
41 Yeni Héloïse
42 Les Lettres Portugaises
43 Mallarmé, Şiirler, GF-Flammarion Yayınevi, sayfa 59, L'Azur (Mavi) şiirinden
Kısır acılar çölünde yol alan / Dehasına lânet eden kolu kanadı kırık şair.

MAYA LALE'NİN GÜZERGÂHI

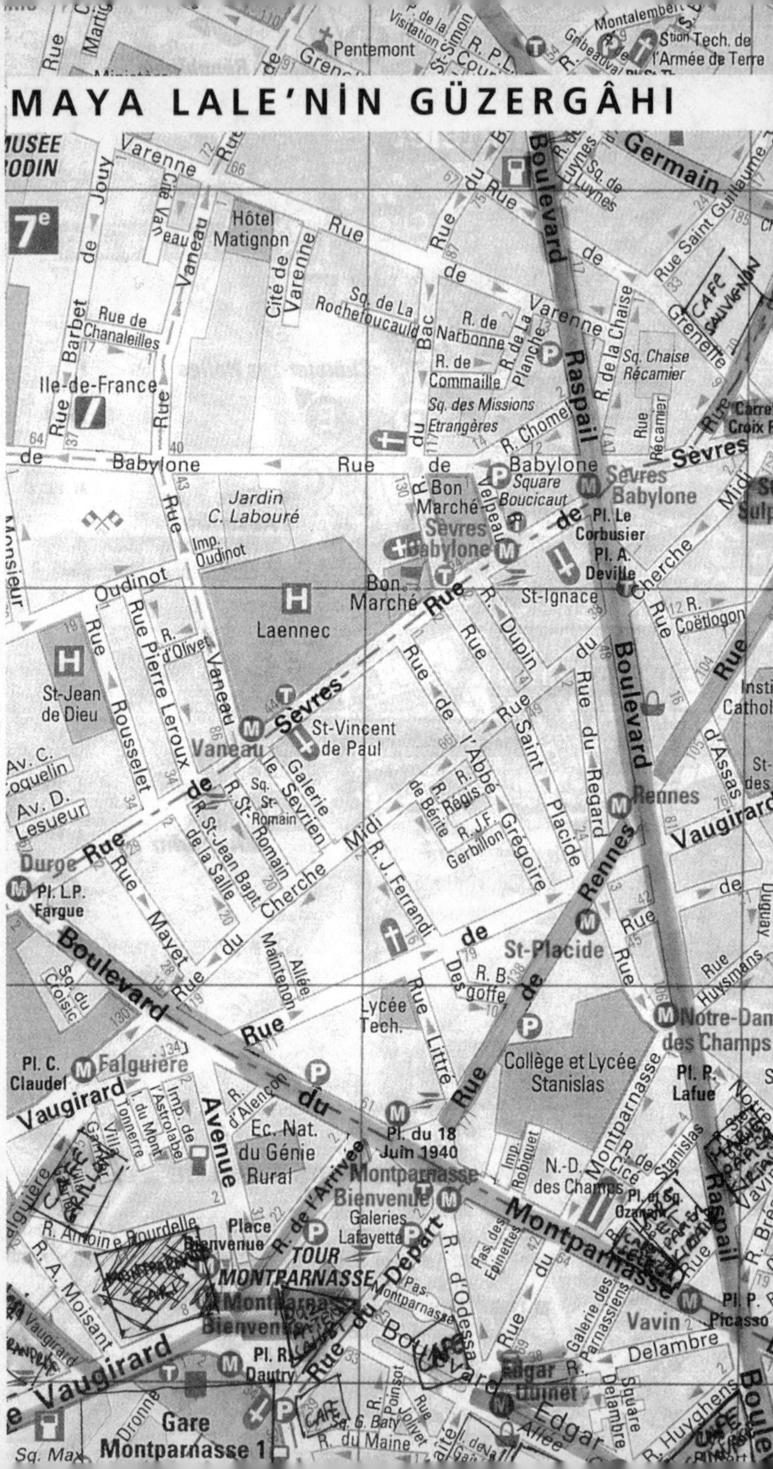

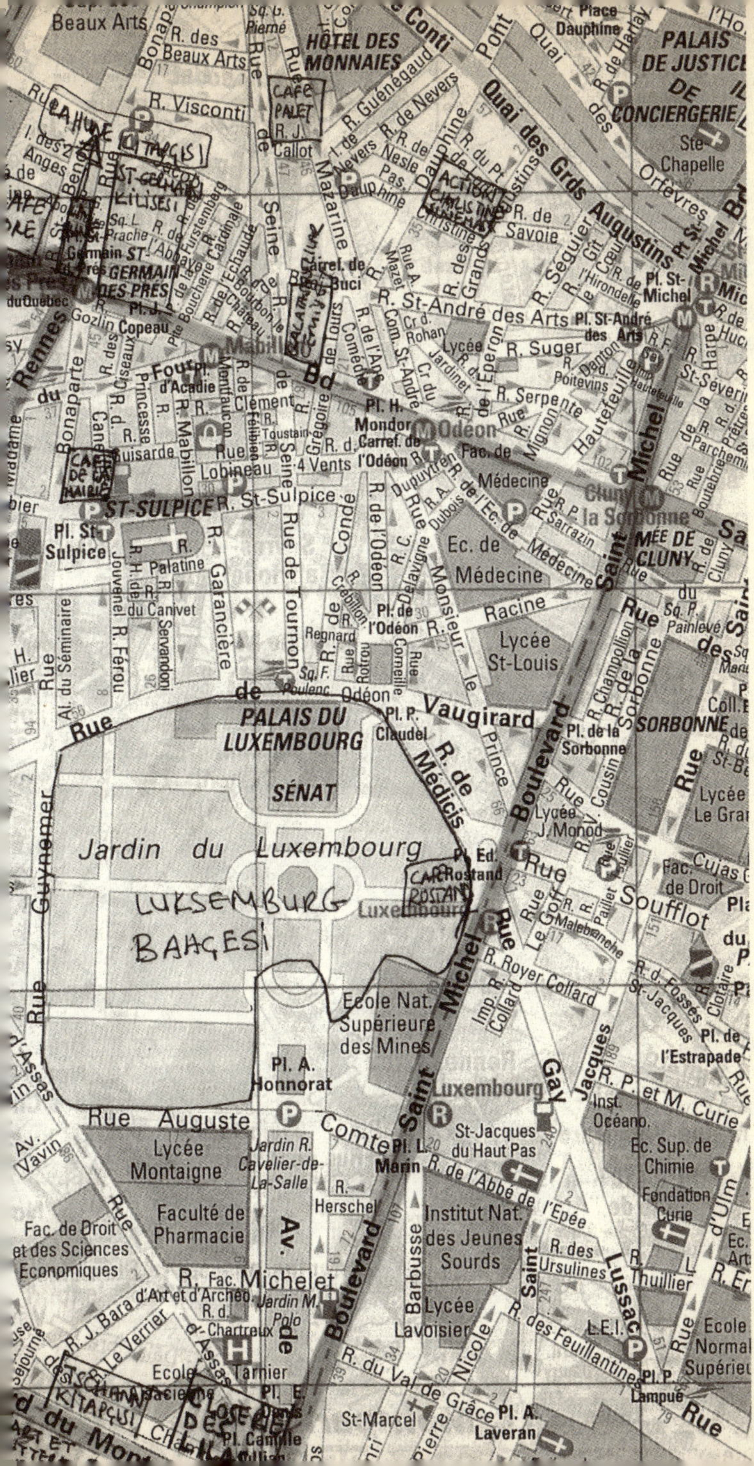

Beaux Arts
R. des Beaux Arts
R. Visconti
HÔTEL DES MONNAIES
Conti
Pont
Place Dauphine
Quai des Grds Augustins
PALAIS DE JUSTICE
CONCIERGERIE
Ste-Chapelle
Orfèvres
R. Guénégaud
R. de Nevers
Dauphine
R. de Savoie
R. Séguier
Pl. St-Michel
Callot
Mazarine
Seine
Carref. de Buci
R. St-André des Arts
Pl. St-André des Arts
Lycée
R. Suger
R. Serpente
R. de l'Abbaye
R. de Furstemberg
ST-GERMAIN DES PRÉS
Pl. J. Copeau
Gozlin
Mabillon
Bd
Rennes
Bonaparte
R. des Ciseaux
Four
Pl. d'Acadie
R. Princesse
R. Mabillon
Clément
R. Guisarde
Rue Lobineau
R. St-Sulpice
ST-SULPICE
Pl. St Sulpice
R. Palatine
R. Garancière
Rue de Tournon
R. de Condé
R. de l'Odéon
Pl. H. Mondor
Carref. de l'Odéon
Odéon
Fac. de Médecine
Ec. de Médecine
R. de l'Ec. de Médecine
Hautefeuille
Cluny
la Sorbonne
MÉE DE CLUNY
Saint Michel
R. Servandoni
R. Férou
R. du Canivet
Al. du Séminaire
R. Crébillon
Pl. de l'Odéon
Racine
Rue Monsieur le Prince
Lycée St-Louis
Rue des Écoles
Sq. P. Painlevé
Sq. F. Poulenc
Odéon
Rue de Vaugirard
Pl. P. Claudel
PALAIS DU LUXEMBOURG
SÉNAT
R. de Médicis
Pl. de la Sorbonne
SORBONNE
R. Champollion
R. de la Sorbonne
R. V. Cousin
Lycée J. Monod
Lycée Le Grand
Jardin du Luxembourg
Pl. Ed. Rostand
Luxembourg
Rue Soufflot
Fac. de Droit
Cujas
Boulevard Saint Michel
Rue Le Goff
R. Malebranche
R. Royer Collard
Rue Gay Lussac
R. d. Fossés St-Jacques
Pl. de l'Estrapade
Guynemer
Rue d'Assas
Ecole Nat. Supérieure des Mines
Pl. A. Honnorat
Rue Auguste Comte
Jacques
R. P. et M. Curie
Inst. Océano.
Ec. Sup. de Chimie
Fondation Curie
Rue d'Ulm
Av. Vavin
Lycée Montaigne
Jardin R. Cavelier-de-La-Salle
Pl. L. Marin
R. de l'Abbé de l'Epée
St-Jacques du Haut Pas
Institut Nat. des Jeunes Sourds
R. Herschel
Faculté de Pharmacie
Fac. de Droit et des Sciences Economiques
Av. de l'Observatoire
R. Michelet
Fac. d'Art et d'Archéo.
Jardin M. Polo
R. d. Chartreux
R. J. Bara
R. Le Verrier
Barbusse
Lycée Lavoisier
R. des Ursulines
R. Thuillier
L.E.I.
Ecole Normale Supérieure
R. des Feuillantines
Pl. P. Lampué
R. du Val de Grâce
Nicole
St-Marcel
Pl. A. Laveran
Ecole Alsacienne
Tarnier
Pl. E. Denis
Pl. Camille Jullian
Boulevard du Montparnasse
LA HUNE
CITAPÇISI
CAFE PALET
ACTION CHRISTINE SINEMASI
KILISESI
ST-GERMAIN
CAFE DE LA MAIRIE
CAFE ROSTAND
LUKSEMBURG BAHÇESİ
TSCHANN KİTAPÇISI
CLOSERIE DES LILAS

Yayımlanan Kitaplar:

SANAT

1- *Desen mi Demesen mi?* Cem Mumcu, Yıldırım B. Doğan
Desenler: Selçuk Demirel

2- *Artrit ve Sanat,* Kolektif

3- *Çocuk ve Sanat,* Kolektif

ROMAN

1- *Planımız Katliam,* Haldun Aydıngün

2- *7,* Cem Akaş

3- *Altın,* Blaise Cendrars - Çeviren: Nuriye Yiğitler

4- *Bir Kuzgun Yaz,* Mehmet Ünver

5- *Mariella,* Max Gallo - Çeviren: Asena Sarvan

6- *Mathilde,* Max Gallo - Çeviren: Işıl Bircan

7- *Sarah,* Max Gallo - Çeviren: Asena Sarvan

8- *Ziyaretçiler,* Giovanni Scognamillo

9- *Salta Dur,* Semra Topal

10- *Pus,* Mehmet Ünver

11- *Kentlerin Kraliçesi,* Hakan Senbir

12- *İstifa,* Akça Zeynep

PSİKİYATRİ

1- *Majör Depresif Bozukluk Hastalarının Tedavileri İçin Uygulama Kılavuzu* - Çeviren: Ayla Yazıcı

2- *Şiir ve Psikiyatri Kavşağında,* Yusuf Alper

3- *Terapi Şeysi,* Cem Mumcu, Yıldırım B. Doğan
Desenler: Mehmet Ulusel

4- *Duygudurum Bozukluklarında Atipik Antipsikotik Kullanımı,* Editör: Simavi Vahip

5- *Öteki Peygamberler,* Anthony Storr - Çeviren: Aslı Day

6- *Biz - Romantik Aşkın Psikolojisi,* Robert A. Johnson -
Çeviren: Işılar Kür

7- *Buradan Böyle / Hayatın Psikososyopolitiği,* Erol Göka

8- *İç Bahçe,* Betül Yalçıner, Lütfü Hanoğlu (2 Baskı)

9- *Psikiyatri ve Sinema,* Krin O. Gabbard, Glen Gabbard (2 Baskı)
Çevirenler: Yusuf Eradam, Hasan Satılmışoğlu

10- *Psikiyatri Tarihi*, Ali Babaoğlu (2 Baskı)
11- *Yaşlılık ve Depresyon* - Cem Mumcu, Çağrı Yazgan (Tükendi)
12- *Kadın ve Depresyon* - Cem Mumcu, Suzan Saner, Peykan G. Gökalp (Tükendi)
13- *Az Rastlanır Psikiyatrik Sendromlar* - David Enoch, Hadrian Ball Çeviren: Banu Büyükkal (Tükendi)
14- *Nöroloji ve Psikiyatrinin Örtüşen Yüzleri* - Betül Atabey Yalçıner, Lütfü Hanoğlu (Tükendi)
15- *Âşiyan'daki Kâhin - Tevfik Fikret'in Melankolik Dünyası*, Serol Teber
16- *Aşk ve Kıskançlık*, Ayala Malach Pines - Çeviren: Canan Yonsel
17- *Kozmik Kahkaha*, Vamık D. Volkan - Çeviren: Banu Büyükkal
18- *Cesur Yeni Beyin*, Nancy C. Andreasen - Çeviren: Yıldırım B. Doğan
19- *Atlarla Yaşayan Kadın*, Vamık D. Volkan - Çeviren: Banu Büyükkal
20- *"Bilimsel Bir Peri Masalı"- Sigmund Freud'un "Aile-ve Tarihsel Romanı"*, Serol Teber

EDEBİYAT

1- *Kahramanlar Kitabı*, Kolektif- Editörler: Cem Mumcu Nida Nevra Savcılıoğlu

ÖYKÜ

1- *Beyoğlu Kâbusları ve Diğer Öyküler*, Giovanni Scognamillo
2- *Bir Gamze-Bir Kuştüyü Yastık*, Gülseren Tuğcu Karabulut
3- *Üçüncü Sayfa Güzeli / Binbir İnsan Masalları-I*, Cem Mumcu (3 Baskı)
4- *Cinsel Öyküler*, Kolektif - Editör: Cem Mumcu
5- *Hepimiz Gogol'un Palto'sundan Çıktık*, Süreyyya Evren
6- *Muallâkta, Araf'ta ve Düşlerde / Binbir İnsan Masalları-II*, Cem Mumcu (3 Baskı)
7- *r*, Cem Akaş
8- *Âşık Öyküler*, Kolektif - Editör: Sevengül Sönmez
9- *Deli Öyküler*, Kolektif - Editör: Cem Mumcu
10- *Suçlu Öyküler*, Kolektif - Editör: Halil Gökhan
11- *Gelecek Öyküler*, Kolektif - Editör: Deniz Koç

12- *Erotik Öyküler,* Kolektif - Editör: Halil Gökhan
13- *Sahici Aşklar Külliyatı / Binbir İnsan Masalları-III,* Cem Mumcu (5 Baskı)
14- *Absürd Öyküler,* Kolektif- Editör: Nida Nevra Savcılıoğlu
15- *Sidre,* Berrin Karakaş

MİZAH

1- *Yamyamın Yemek Kitabı,* Yusuf Eradam
2- *Kafadanbacaklılar,* Mehmet Ulusel
3- *F,* İzel Rozental
4- *Geç,* Kadir Doğruer
5- *B,* İzel Rozental

ŞİİR

1- *Ahkâm Vakti Tohumları,* Yusuf Eradam
2- *Enel Aşk,* Yelda Karataş

FELSEFE

1- *Bir Sevdâ Yorumu Kitabı,* Ahmet İnam

TARİH

1- *Medya Tarihi / Diderot'dan İnternete*
Frédéric Barbier, Catherine Bertho Lavenir
Çeviren: Kerem Eksen

MİNERVA

1- *Medeniyetler Çatışması ve Dünya Düzeninin Yeniden Kurulması*
Samuel P. Huntington - (3 Baskı)
Çevirenler: Mehmet Turhan, Cem Soydemir

EROTİK US

1- *Kadınlar İçin Erotik Astroloji,* Olivia - Çeviren: Işılar Kür
2- *Yatağında Yalnız mısın? Eski Japon Ozanlarından Aşk ve Özlem Şiirleri* - Çeviren: Celâl Üster
3- *Kimsenin Konuşmadığı Dil,* Eugene Mirabelli
Çeviren: Ahu Antmen
4- *Çifte Alev / Aşk ve Erotizm,* Octavio Paz - Çeviren: Tomris Uyar
5- *Ezgiler Ezgisi 'Neşideler Neşidesi'* - Çeviren: Samih Rifat

6- *Bahar Noktası*, William Shakespeare - Can Yücel

7- *Sevdâ Lûgati*, Mehmed Celâl -
Günümüz Diline Aktaran: Sevengül Sönmez

8- *Samuraylar Arasında Aşk*, İhara Saikaku -
Çeviren: Fatih Özgüven

ANI

1- *Şanslı Adam*, Michael J. Fox - Çeviren: Oytun Süngü

ÖZEL DİZİ

1- *Mazruf*, Enis Batur

AFORİZMALAR

1- *Bu Kalem Un(ufak)*, Enis Batur

... ŞEYSİ

1- *Terapi Şeysi*, Cem Mumcu, Yıldırım B. Doğan
Desenler: Mehmet Ulusel

1- *Hukuk Şeysi, Avukat Olacaktı Muhterem*, Kadir Şinas

DERGİLER

1- *Artimento*, 1-11 (Satış Dışı)

2- *Şizofreni ve Sanat*, (Satış Dışı)

3- *DermoArt*, 1-7 (Satış Dışı)

4- *Dört Mevsim*, 1-3 (Satış Dışı)

5- *Pendulum*, 1 (Satış Dışı)

Yayına Hazırlanan Kitaplar:

EROTİK US

Cinselliğin Mitologyası, Sarah Denning,
Çeviren: Ayşegül Hatay
Böcüknâme, Orhan Kevnoğlu

ÖYKÜ

Karanlık Öyküler, Kolektif

TARİH

Kısa Türkiye Tarihi, Kolektif- Editörler: Cem Mumcu,
Nida Nevra Savcılıoğlu
İntihar Tarihi, Georges Minois - Çeviren: Nermin Acar
Labirentin Tarihi, Jacques Attali - Çeviren: Selçuk Kumbasar
Ütopya, Akın Sevinç
Amma Tarih, Bernard Chambaz - Çeviren: Işık Ergüden

PSİKİYATRİ

İnsan ve Sembolleri, Carl G. Jung - Çeviren: Ali N. Babaoğlu
Aşk ve İrade, Rollo May - Çeviren: Şaban Deniz